KB0093411

나의 사랑, 매기

나의 사랑, 매기

김금희

소설

PIN
008

차례

PIN

008

나의 사랑, 매기

김금희

1

그 집에 세 들어 산 건 1년 남짓이지만 가끔 그 곳에서 인생 모두를 보낸 듯한 생각이 든다. 왜냐면 나의 매기, 매기라고 부를 수밖에 없는 나의 애인과의 연애가 그 집에서 시작해 그 집에서 종료되었기 때문이다.

매기를, 매기라고 부를 수밖에 없는 건 나의 애인이 잘 알려진, 누구나 얼굴을 보면 알 만한— 비록 재연 드라마의 히로인에 불과하지만— 배우이기 때문이고, 한 아이의 엄마이기 때문이다. 그리고 엄마라는 것은 누구나 알듯이 매기가, 독신인 나와는 다른 층위의 삶을 살고 있다는 얘기였다. 매기에게는 제주시의 아파트와, 유기농 야채를 파는 고급한 스토어가 있었고 폭포수가 떨어지는 공원의 벤치와 단골 식육점이 있었다. 전라도 출신인 매기는 정육점을 언제나 식육점이라고 했다. 정육보다는 식육이 먹는 행위에 가깝다고, 고기를 정미한다는 말에는 미화美化의 음모가 있다고 해서 나를 빽가게 했다.

하지만 정작 매기는 나를 감탄하게 한 멋진 분석에는 흥미가 없는 듯 시쳇말로 '섹드립'을 늘어놓기 시작했는데, 그것은 당황스러우면서도 나 자신은 차마 못할 수준이어서 다 전할 수는 없고 힌트만 주자면 그 미화의 음모라는 말 중 한 단어가 매기가 대학 시절 단역으로 출연한 포르노그래피와 아트 사이에 애매하게 있던 영화 제목에 들어가 있다는 점이었다. 그 영화에서는 그중 한 단어의 대상이 중요한 성적 모티프로 쓰였는데, 롱테이크로 찍어도 등장하고 쇼트컷을 이어 붙여도, 바스트숏으로 찍어도, 플래시백을 해도, 점프컷을 해도 그것이 등장했다는 말이었다. 그리고 그것이 얼마나 영화적으로 중요하면서도 실제 촬영장에서는 그것이야말로 얼마나 출연진들을 곤란하게 했는가를 정확하고 생생하게 불필요할 정도로 디테일하며 지나치게 극화하여 전달했는데 매기는 유명 인사이고 엄마이니까 그 말에 대해서는 전할 수가 없고 다만 그 영화 여주인공 이름이 '미화'였다고만 알려준다. 그러면 매기와 내가 나눴던 어느 여름의 대화가 숨겨진 채 전달되는 것이겠지, 어느 정도 감춰지고 어느 정도는 노출될 수 있는 것이겠지.

사랑은 프라이빗한 것이지만 쇼잉이기도 하다는 것을 나는 그 마포구 와우산로 17길에서 깨달았다. 그래서 결과적으로 우리의 사랑이 시들시들해진 것이 아닐까. 우리는 한동안은 밖—이를테면 호텔—에서 만나기도 했지만 나중에는 대개 방에서 나올 수가 없었기 때문이었다. 밑에는 닭집이 있어서 저녁이면 거기서 튀기는 닭기름 냄새가 올라와 섹스를 하면서도 어쩐지 자꾸 어딘가 귀여워지는, 우리는 아주 위험하고 격정적이며—여러 의미에서의— 파괴의 행위를 하고 있는데도 그 고소고소하고 촉촉한 튀김 가루에 마늘 가루와 후추를 넣어 염지한 닭의 몸통 같은 것이 어려서부터 친숙하고 어딘가 가족과 화평한 주말, 개키지 않은 이불과 아빠의 다 늘어난 러닝셔츠와 까무룩 잠이 드는 강아지와 녹이 슬고 있는 아파트 현관의 철제문, 뻐꾸기시계 등을 떠올리게 하는 닭의 그 환기의 힘 덕분에 우리의 섹스는 점점 더 순해졌다, 건전한 여가의 운동이 되고 격려의 악수가 되었다가 이윽고 뒤척임이 되었다. 파도처럼, 자연스럽게 밀려 들어왔다가 다시 반동으로 밀려 나가는. 그런 오고 감은 자연스럽고 무해한 것이다, 무해하다, 레이디치킨의 기름 냄새처럼, 나는 자주 이런 생각을 했다. 배가 고파진 우리가 닭을 사다 먹기로 결정하고 내려가면 그 무해한 닭들을 튀기며 치킨집 남자가 듣던 오아시스의 노래처럼.

"반반인가요?"

"오늘은 강정 반, 양념 반으로 할게요."

"센데요."

"뭐가요?"

"기본이 없잖아요, 다 양념 쓰는 닭을 선택하셨잖아요."

"네, 둘 다 맛이 있고 저희가 뭐 한두 번 먹어봤나요?"

"그런데 말이죠, 아무리 단골이라도 말이죠, 꼭 프라이드를 기본으로 한 뒤에 반반을 선택한단 말이죠. 이게 나는 사람 심리가 아닐까 생각하는데요, 항상 매사에 디폴트는 있어야 하기에 그렇다고요."

"그렇죠, 사람들 맘이 그렇죠."

"그래요, 아무래도 안 그럼 불안하죠."

레이디치킨의 사장은 원래 디자인을 하던 친구였고 같이 일하는 라이프 파트너는 인디 가수 출신이었다. 마포구의 특징은 이렇게 문화예술계에 종사했던 자영업자들을 쉽게 만나볼 수 있다는 점이었다. 상대적으로 집값이 싸고 교통이 편리하고 어느 정도의 인프라가 조성되어 있으며 무엇보다 한강이 있어서—내 경우에는— 일종의 서울 감각이 가능했다. 나처럼 지방에서 올라온 사람들에게 서울 감각이란 더없이 중요했는데,

고향에서 올라온 친구들이 마, 여 서울 맞나? 동
성로 아이가, 하는 말을 듣지 않아야 하기 때문이
었다. 그러자면 지형지물상의 특징을 가져야 했
다. 남산이 보이거나 유행은 지났지만 63빌딩이
보이거나 청와대, 국회의사당, 광화문 그리고 아
주 효과적이게는 한강이 보여야 했다. 한강이 보
이는 장소에 살기 어렵다면 걸어서 갈 만한 곳에
한강이 있어야 했고.

상경해서 한강과 좀 떨어진 동네에 여기는 한
강이 아니라 북한산이 있으니까 하는 위안으로
살아본 적이 있는데 영 적응이 안 됐다. 분지 지
형의, 근처에 바다도 없는 내륙에서 성장했으면
서 나는 언제부터 그렇게 물기운을 중시하게 된
것일까. 나는 뭍으로 억지로 끌려 나온 인어공주
처럼 한 3년 한강 주변을 그리워하다가 출판사를
옮기면서 이때다 싶어 마포로 돌아왔다.

그런데 그사이 마포구는 힙스터들이 출몰하는
다운타운이 되어서 어디를 가나 예술적 뉘앙스를
풍기는 이들이 있었다. 로커도 편의점에서 아르
바이트를 하는 판이었다. 내가 아침마다 우유를

사러 가는 편의점이 그랬다. 그가 로커라는 사실을 아는 것은 지미 헨드릭스나 오지 오스본의 티셔츠를 입고 있기 때문만은 아니었다. 매장에 록 음악을 틀어놓아서도 아니다. 손가락의 군은살 때문이었다. 그리고 손톱이 짧았다. 그가 현 위를 오가며 부지런히 연마했을 연주의 세계가 선물한 그 '특별한' 각질과 티눈은 이제 여기서 판매하는 다양한 투 플러스 원 상품들을 거쳐 바코드 리더기와 최종적으로는 아주 얇아서 편의점 문을 여닫으면서 들어오는 짧은 순간의 바람 같은 것에도 바스락거리는 비닐봉지를 매만지는 과정에 종사하고 있었다. 나는 어느 날 비닐봉지를 받아 들다가 절대 고의는 아니지만 군은살들을 만져본 적이 있었다. 특별히 단단하거나 거칠다거나 하지는 않았고 다만 따뜻했다.

자주 가는 백반집 중에도 밴드 출신들이 있었다. 그들은 자기들 밴드 이름—피가 '꺼꾸로' 솟는다는 의미의 피꺼—이 적힌 갖가지 굿즈를 식당에 진열해놓고 나 같은 오디오 문외한들도 알 만한 마샬 스피커를 설치해 외국의 최신 음악들을 틀어놓았지만 어딘가 분위기는 침울했다. 주문을 받으러 오는 스태프와, 음식을 만드는 청년들 모두에게 파충류처럼 냉랭한 고독이 있었다. 그런 분위기에 비하면 거기에서 내놓는 콩나물국이나 돼지불백 같은 친근한 음식들은, 당면을 삶아 야채와 간장을 넣어서 볶은 간장당면 같은 요리들은 정작 주인들보다는 꽤 온도가 높은 것들이었다. 그렇게 해서 그 냉랭함과 먹는 것의 온도가 균형을 이루어 식당의 분위기가 그럭저럭 유지되는 것이었다. 그 와중에 앰프를 통해서는 너바나의 「스멜스 라이크 틴 스피릿Smells like teen spirit」이 흘러나오고.

매기와 재회했을 때도 나는 이 집에서 살고 있었다. 대학 동기들 몇이 모여 있는 자리에 개네가 보고 싶어서가 아니라 순전히 금요일의 헛헛함을 채울 수 없어서 찾아갔는데 거기에 매기가 있었다. 나는 동기들이 매기와 함께 있다는 얘기를 하지 않은 건 기억력이 더럽게 나쁘다거나 악의가 있었다기보다는 그냥 귀찮아서라고 생각한다. 그래서 오래전 아무리 잠깐이라도 연애했던 둘을 재회시키는 데 다들 동의했던 것이라고. 하기는 동의의 절차가 과연 있었는지조차 알 수 없었다. 우리는 대체적으로 매사를 귀찮아해서 개중에는 귀찮아서 이혼하려도 못 간다는 애가 있을 정도였다. 우리는 너무 귀찮아서 이직도 할 수 없고 귀찮아서 이사도 갈 수 없고 귀찮아서 누구 대소사 챙기기도 쉽지 않았는데 그래도 그 귀찮음이 우리의 생활을 묘하게 안정시키고 있는 것도 사실이었다.

그날 동기들의 권태 덕분에 재회한 매기와 나는 되살아난 '친분'을 평계 삼아 만나게 되었다. 그때마다 공통적으로 한 일은 오래 걷는 것이었다. 우리가 만날 수 있는 날은 촬영이 있어서 매기가―매기의 표현대로라면― '육지'로 나오는 날이었다. 그래서 으레 그 큰 지방시 보스턴백을 들고 있었지만 내가 걷자고 하면 무거울 텐데도 동의했다. 그렇게 해서 우리는 얼마나 한강과 멀리 떨어져 있든 종국에는 걸어 한강으로 돌아왔다. 아니면 한강에서 출발해 어디든 정처 없이 걸어 서울의 어느 면에 도착했다. 마치 회귀하는 연어들처럼, 포물선을 그리며 떨어지는 공의 행로처럼, 때로는 당산이었고 때로는 뚝섬이었다.

우리가 처음으로 포옹한 장소도 여의도에 면한 한강 둔치였는데 그렇게 해서 매기를 14년 만에 다시 안았을 때, 손을 잡고 입술을 가져다 댔을 때 나는 우리가 왜 그렇게 온 힘을 다해 진을 빼듯이 걷고 있었는가를 깨달았다. 우리는 우리 내면의 어떤 것이 기진맥진해져서 완전히 투항하기를 바라면서 무언가와 싸우듯이 걷고 있었던 것이었다. 어떤 날에는 걷고 걸어 무사히 우리의 리비도를 이겼지만 그러면 다시 열흘이나 일주일쯤 뒤에 약속을 잡아 아무렇지 않은 척, 그냥 우리는 어떤 다른 사이도 아니라 동기 동창, 우리가 연애했던 시절은 아예 기억도 나지 않는, 일상적이고 상투적인 주제들의 대화를 시들하게 나누고 연금보험이나 실비보험 같은 것을 하나쯤 들어주는 것으로 서로의 우애를 확인하는 그런 사이인 척 밥을 먹고 차를 마시다가 다시 걸었다. 그리고 그 무거운 가방을 들고 걸어야 하는 매기를 단 한 번 돕지 않는 것으로 내가 매기를 향한 어떤 다정함의 목줄을 단단히 죄고 있던 어느 날에 매기는 나 이제 더 이상 못 걷겠어, 하고 강변 벤치에 앉았고 그때쯤에는 나도 더 이상은 어떻게 해서도, 무슨 이유를 대도 더 이상은 걸을 수가 없어서 매기 옆에 앉아 침묵하다가 손을 뻗어 매기의 뺨을 어루만졌다. 우리는 완전히 무언가에 진 기분이었고 동시에 너무 져버려서 어떤 것에도 저항할 필요가 없게 느껴졌다. 미세먼지가 있는 그 봄의 한강 변 공기는 몹시 나빴고 우리는 포옹을 하면서도 잠깐 공기가 아주 나쁘지, 하는 말을 주고받았다. 저녁 안개가 껴서 아무것도 보이지가 않잖아, 얼마나 나쁜지 대체 알 수가 없어, 하고.

매기는 닭에 관해서는 취향이 확고해서 절대 날개는 먹지 않았다. 날개를 먹지 않는 자기가 이렇게 재훈 너를 만나고 있는 것만 봐도 '날개 먹으면 바람피운다'는 속설이 얼마나 들어맞지 않는가를 보여준다고 했다. 매기는 그런 미운 말을 잘도 했다. 나를 괴롭게 하려는 의도보다는 자기에게 퍼붓는 야유 같은 것이었다. 평소에도 냉소와 야유와 자조와 시니컬함이 온통 믹스되어서 어떤 스왜그를 만들어온 터라 그건 그냥 매기스러운 것이었지만 상처가 되었다. 사실 닭고기의 핵심은 다리와 날개이고 그런 이상 날개를 먹지 않으면 안 되는데 매기가 그런 닭 날개와 우리의 관계를 연결시켜 아주 속되게 바람을 피운다, 하면 나는 닭 날개를 먹기도 그렇고 먹지 않기도 그래서 입에 가져다 댔다가 뗐다가 다시 가져갔다가 뗐다가 하다가 에잇, 하면서 박스 안에 던져버리곤 했다. 사실 닭값 13000원에는 한 쌍의 다리와 날개가 적어도 9800원의 값을 하고 있을 테고 닭의 무게에 있어 몸통이 8할을 넘더라도, 그 두 부분이야말로 닭의 정수, 닭의 상품성이라서 안 먹으면 바보니까 아까우니까 먹자, 하면 발끝부터 머리까지 바싹바싹 튀겨지는 기분이었다. 그 기름지고 고소하며 적절한 지방질의 살점이 혓바닥에서 녹을 때마다, 그렇게 해서 미뢰가 자극받을 때마다 모멸감이 느껴졌다.

내가 그렇게 화가 나면 내 방, 매기가 와 있을 때는 우리 방이 되는 그 레이디치킨의 2층, 맞은

편에는 언제나 이 방의 상태에 관심이 많은 집주인 한선희 할머니가 사는 그곳이 아주 냉랭해졌다. 매기가 「겨울왕국」의 엘사처럼 쏟아낸 그 얼음장처럼 차가운 냉소로 순식간에 동결되었다. 나는 그런 순간을 견딜 수가 없었다. 우리 관계자체에 환멸이 몰려왔기 때문이었다. 그날 그 연남동 술자리에 왜 나갔을까. 거기 족발집에서 족발을 먹었는데 그 집 족발은 간판과 달리 장충동 본가도 아니고 '레알 참맛'도 아니었는데, 사실 동기들도 서로 돌아서면 은근히 배알이 꼬이면서 뒷담화로 입가심을 해야 하는 정도의 사이였는데, 매기도 대학 시절 겨우 두 계절 연애하다가 내가 군대 가면서 들입다 차여버린, 사실 군대에서 그 실연의 아픔을 견딜 때는 원수나 다름없는 관계였는데 거기를 왜 갔어, 왜 갔어, 하면서화가 나곤 했다. 그리고 생각이 났다. 비무장지대로 떨어져 군생활을 시작하던 무렵, 훈련소 입대때부터 줄기차게 편지를 써대던 매기에게서 백한번째 편지가 도착한 일이. 거기에는 앞뒤 맥락 없이 "잘 지내, 미래는 현재와 다른 어떤 것이 아니라 단지 긴 현재일 뿐이야"라고 적혀 있었다.

그 후 매기가 연락을 받지 않으면서 나는 날벼락처럼 떨어진 실연의 고통을 겪어내야 했다. 당연히 그 문장의 진의를 알지 못해 환장할 지경이었다. 내 머릿속은 그 말 속의 '미래'와 '현재'가, 두 시간대의 '동일성'과 '지속 가능성'이 매기와 나 사이에 연애가 앞으로 어떻게 되리라는 것을 빗대고 있는가를 알아내기 위해 폭발적으로 운동했다. 그 운동은 서까래로 눈을 파내면서도, 경계근무를 서고 처마의 고드름을 따내면서도 계속되었는데, 어느 날은 현재의 사랑과 미래의 사랑이 동일하리라고 약속하는 것도 같았고, 또 어느 날은 이 기약 없는 연애는 초저녁에 정리하는 편이 낫다는 선언처럼도 느껴졌다. 아니면 그 둘 모두를 포괄하고 있는지도 몰랐다. 그러니까 사랑의 형식인 연애는 끝이 나지만 사랑이라고 하는 상태는 끝이 나지 않아서 미래가 현재의 무제한 연장인 것처럼 어쨌든 유지되리라는 것, 가능한 죽을 때까지 사랑하리라는 것.

그날 컨디션에 따라 해석은 얼마든지 달라졌는

데 나는 내 내면에서 일어나는 그 다양한 상황극에 몰입한 나머지 하루는 지나치게 다운되어 있고 다른 날에는 일종의 분노를 포함한 지나친 조증 상태를 보여, 상관으로 하여금 주의를 기울이게 하는 상황을 맞았다. 전화는 받지 않고 한번 만나 속 시원히 얘기를 들었으면 좋겠는데 이상하게 군번이 꼬여 후임이 들어오지 않았으므로 휴가를 나갈 수도 없었다. 그저 긴 밤 내내 잠들지 못하고 매기의 얼굴을 떠올리면서 갖가지 상상에 개처럼 헐떡이며 휘둘리다가 아침이면 충혈된 눈과 불안정한 심리 상태로 기상할 뿐이었다. 그러던 어느 날, 윤 병장이 휴가를 나가는데 매기를 대신 만나보겠다고 했다. 윤 병장은 군대에서 만났지만 같은 대학의 음대를 다니다 온 사람이라 마음을 터놓고 이야기하는 편이었다.

"괜찮습니다."

나는 제삼자를 통해서 내 괴로움이 매기에게 전해지면 매기도 마음이 좀 약해지지 않을까, 적어도 연락은 받지 않을까 생각하면서도 거절했다. 자존심 때문이었다. 낯선 사람까지 보내가며 연락을 취하면 구질구질해 보일 것 같았다. 내가 거절하자 윤 병장은 군생활 동안 무사히 장거리 연애를 이어오고 있는 자신의 노하우를 생각해볼 때 이 상황에서 가장 필요한 건 안재훈 이병이 여기 있다, 여기에, 비록 서울에서 세 시간은 북쪽으로 달리고 민간인 통제선을 넘어, 휴전선 안까지 들어와야 하지만 여기에 있다, 는 실감을 주는 일이라고 했다. 하지만 전화나 편지나 이메일로는 그 실감을 줄 수 없다. 왜냐면 그런 것들에는 '육체'라는 것이 없기 때문이었다.

"예전에 비둘기를 썼잖아. 연서를 주고받을 때. 나는 그 상상을 할 때마다 비둘기가 참으로 적당하다 생각해. 그것은 살아 있으니까 당연히 헐떡이고 눈빛을 가지며 자꾸 머리를 주억거리지 않아? 우리가 온갖 상황의 마음 상태를, 고개를 돌리고 숙이고, 치켜들거나 흔드는 것으로 나타내는 것처럼. 안 이병은 부담스러울 것 없다. 나를 그저 비둘기 전령이라고 생각해."

지금 생각하면 윤 병장은 아주 낭만적인 내면을 지닌 사람이었다. 전령傳令이라고 하면 그 당시 유행한 「반지의 제왕」의 기괴한 요정들밖에 알지 못하는 내게 전서구傳書鳩라는 앤티크하고 기품 있는 단어를 가르쳐주었으니까. 그러면서 슈베르트의 「비둘기 전령」이라는 가곡을 들려주었는데 슈베르트의 마지막 작품인 그 곡은 그때의 내 처지에 비해서 너무 밝고 경쾌해서 나를 위한 곡이 아니라 어느 결별한 연인의 재회를 위해 나서려고 하는 윤 병장 자신에 대한 찬가처럼 들렸다.

어쨌든 나는 끝까지 사양했고 연락처를 알려주지도 않았다. 물론 그러면서도 윤 병장이 학교에 갔을 때 우연이라도 매기와 마주치는 일이 가능하지 않을까, 상상하기는 했다. 세상은 냉혹하고 웬만하면 소망을 꺾는 방식으로 작동하지만 가끔은 기적이라는 것도 일어나니까. 그리고 보름간의 윤 병장 휴가와 내 군 복무가 계속되었다. 어쩌면 매기가 볼펜을 꾹꾹 눌러쓴 그 비장한 말—잘 지내, 미래는 현재와 다른 어떤 것이 아니라 단지 긴 현재일 뿐이야, 하는 문장은 그냥 하루하루가 동일한 일과로 흘러가는 그리고 그것을 무사하고 안전한 자주국방의 상태로 여겨야 하는 나의 처지를 빗댄 것이 아닐까, 하는 생각까지 하면서.

그 말은 정말이지 코에 걸면 코걸이, 귀에 걸면 귀걸이였다. 근무 중 이상 무, 일 없습니다, 시정하겠습니다, 괜찮습니다, 하는 말들의 무한반복인 생활 속에서 그래도 뭔가 현재를 자각하는, 현재를 들여다보고 과거를 반추하며 미래를 구상해보자는 '슬기슬기 사람'으로서의 면모가 등장하기만 하면 그 문장은 나를 지배했다. 대단한 염세의 말이자 동시에 태만에 대한 경고를 담은 말이었다. 그러고 있자면 대구의 삼촌이 하던 너 그러다 '반거치' 된다는 말이 바로 생각났다. 삼촌은 사법시험을 준비하다가 나중에는 동네 공부방을 했는데 조부가 옛날에 김천에서 서당을 했었다며 가업을 이으려 그 일을 시작했다는 말 같잖은 억지를 쓰는 사람이었다. 나는 그렇게 내 인생 전부가 시험에 든 것처럼, 트라우마와 유년의 슬픔, 핸디캡, 콤플렉스, 꼬인 마음 전부를 그 문장에 담았다 뺐다 하면서 시들시들 곯아갔다.

아무튼 시간이 지나고 윤 병장이 돌아왔는데 매기를 만났는지 만나지 못했는지는 몰라도 한동안 나를 피하는 것 같았다. 하지만 그건 그냥 내가 어떤 기대를 했던 것이 부끄러워서 그렇게 느껴졌는지도 몰라서 티를 내지는 않았다.

그 주 일요일, 휴식 시간에 윤 병장이 나를 불러내서 둘둘 말린 포스터를 내밀었다. 휴가지에서 여기 철원까지 가져오느라 포스터는 벌써 나달나달해져 있었는데, 나는 그걸 풀지 않아도 매기가 출연한 연극 포스터구나 싶었다. 연말이면 연극 동아리에서는 늘 극을 올렸으니까. 윤 병장은 자기가 매기를 만났던 일을, 알고 싶어 한다면 얼마든지 얘기해줄 수 있다고, 만날 계획으로 간 것이 아니라 마침 학교에서 그런 행사가 있다고 하기에 들렀던 것이니 부담스러워는 말라고 했다. 그리고 매기는 아주 예의 바르게 자신의 말을 귀담아들었고 그 후에 헤어질 때쯤 되자 분장실에 있던 포스터를 집어서 나에게 전하고 싶은 한마디를 적었다는 것이었다. 윤 병장은 일단 이것을 보고, 하면서 말끝을 흐리고는 나를 PX에 남겨둔 채 자리를 떴다. 그런 윤 병장의 표정은 마치 흰 비둘기처럼 창백해서 만남의 결과가 좋지 않았으리라는 것은 얼마든지 알 수 있었다.

나는 매기가 전한 그 포스터의 말을 볼 것인가, 말 것인가를 고민했다. 거기에는 그러니까 그간의 의문을 풀어줄 열쇳말이 들어 있을 것인가. 그런데 그런 열쇳말이 고작 휘갈겨 쓴 한두 마디로 가능하다는 말인가. 기가 막혔다. 하지만 그것은 풀어보지 않으면 안 될 어떤 것처럼, 이를테면 집으로 직접 배달되어서 도착할 때쯤이 되면 우편함 앞에서 진을 쳐야 했던 중학생 시절의 통지표처럼 간절하고 긴장되게 느껴졌다. 매기와는 단 두 계절쯤 사귄 것에 불과하다고, 어떤 시간이 다른 이외의 시간을 모두 덮을 만큼 절대성을 갖는 일이 부당하다고 생각했지만 나는 그것을 풀지 못하고 내려다보고 있었다. 매기는 지금 내 앞에 없고 내게 남겼다는 그 문장들은 육체를 지닌 윤 병장이 가져와 서울 어딘가에서 잘 살고 있는 매기의 육신성을 증거하며, 아주 뚜렷한 실감을 주며 내 앞에 놓여 있는데, 불행히도 그 인간 전

서구는 금방 떠나고 이제 이 문장들은 주변의 찹
찹찹 소리 속에 놓여 있었다. 나는 그 에너제틱한
식욕의 소리에 어쩔 수 없이 귀 기울이면서 마치
대단한 아우라를 지닌 무언가처럼 테이블에 놓여
있는 포스터의 흰 면을 내려다보고 있었다. 시간
은 지나고 이등병에 지나지 않는 내가 아무리 여
가 시간이라도 거기서 그렇게 죽치고 있는 것은
문제가 되는 일이었다. 나는 그것을 열어보는 일
을 최대한 미루고 있다가 노란 고무줄에 손가락
을 넣어 풀었는데, 거기에는 아주 간단하게 "나는
인간이니까 당연히 섹스를 하며 살아야 해"라고
쓰여 있었다. "미래가 아니라 지금 당장."

2

　매기와 데이트할 때 자주 당황스러운 상황이
벌어졌는데, 그건 매기가 지나치게 주위를 의식
했기 때문이었다. 물론 매기가 그 재연 드라마에
장기간 출연했기 때문에 이따금 사람들이 알아
보는 것은 사실이었다. 이름까지는 몰라도 아, 저
사람, 하면서 손짓을 했고 그건 번화가가 아니라
교외의 식당이나 상점들이면 더했다. 주된 시청
자의 연령대가 높아서 그런 것 같았다. 종편에서
본방송을 하는 건 오후 두 시, 웬만한 청년들은
텔레비전 앞에 앉아 있기 힘든 시간이었다. 물론
매기와 나는 거리를 걸을 때 팔짱을 낀다거나 손

을 잡거나 하지 않았고 상관없는 사람들처럼 앞뒤 차이를 두며 걷거나 각자 주머니에 손을, 일부러라도 확실히 넣고 다니곤 했다. 그러니 신경 쓸 필요가 없는데도 매기는 나와 함께 있다는 사실 자체를 지나치게 조심했다. 제주로 가족들이 옮겨 갔어도 친인척들이 여전히 서울에 살고 촬영하러 온 자기가 누군가와 둘이 만나고 있는 것 자체가 이상한 일일 수 있다고 강조했지만 기분이 어쩔 수 없이 나빴다. 내가 보기에 매기는 그러한 조심을 통해 궁극적으로 이루려고 하는 목적이 있는 것이 아니라, 그저 자기가 그렇게 조심하고 있다는 것, 그런 조심의 상태가 중요한 듯 보였다. 우리가 4킬로미터쯤은 걷고 걸어 초자아를 녹다운시켜야 겨우 속마음을 말할 수 있는 관계라는 것을 적어도 이 관계를 시작한 마당에 서로에게 내색해서는 안 된다고 생각했던 나와는 정반대의 태도였다.

"그런다고 뭐가 달라져? 우리가 서로 그렇게 드러내지 않는다고 달라지냐고? 차라리 서로의 사정을 솔직히 말하고 룰을 정하는 게 낫지 않아?"

나는 매기가 뱉은 룰―이라는 단어에 또 한 번 상처받았지만 그때쯤에는 상처를 자주 받아서 굳은살이 생겨난 것도 같았다. 매기는 그 문제에 대해서 이야기할 때면 언제나 메스를 든 외과 의사처럼 침착하고 차분했다. 나는 매기가 드러내 보이는 그 차갑고 현실적인 계산으로 만들어낸 규칙들에 기가 질렸지만 매기는 아주 몰두했다. 우선 강남에는 가지 않는다, 가 있었다. 매기가 제주도로 옮겨 가기 전까지 살았던 지역이기 때문이었고 동네의 사랑스러운 이웃들이 여전히 살고 있기 때문이었다. 그런 이웃들은 인생이 나락으로 떨어질 리가 없고 대체로 평탄하기 때문에 웬만해서는 그 근방을 떠나지 않는다고 했다.

"정말 이민이라도 가지 않으면 대한민국 내에서는 없어. 여기밖에 모르는 사람들이지. 나야 30대가 되어서야 여기로 넘어온 것이지만."

그 공간에 머무르는 것, 그것의 유지 자체가 인생의 성취를 말해주는 식이라고 매기는 설명했다. 짐작하기로는 매기 남편도 그런 출신인 것 같았다. 나는 너무 지질하다고 생각하면서도 인터

넷으로 매기 남편에 대한 기사를 검색했는데, 과로로 쓰러지지 않았다면 인생의 행로를 바꾸지는 않았을 거라고 이야기하고 있었다.

"서울을 떠날 수 있다는 생각마저 못 했겠죠."

제주의 지역신문에서 발견한 매기 남편은 그냥 평범한 얼굴이었는데 입고 있는 카디건의 기수와 말 마크가 유독 기억에 남았다. 매기와는 여덟 살 차이가 나서 이제 40대 중반이 된 그런 남자들의 비슷비슷한 옷차림은 얼마나 따분한가. 하지만 우연히 백화점에서 그 브랜드의 매장 앞을 지날 때 마네킹이 입은 카디건 가격을 힐끔 확인한 게 사실이었다. 보려고 본 게 아니라 그렇게 시선이 옮아갔다.

매기의 룰에는 밤에는 연락하지 않고 주말에도 연락하지 않는다, 가 있었다. 아이에게 동화책을 읽어주거나 신작 영화를 IPTV로 가족들끼리 보거나 한라산으로 캠핑을 가야 하기 때문이라고 나는 짐작했다. 그 외에는 전화번호를 실명으로 저장해놓지 않으며 SNS에 우리 관계를 암시하거나 유추할 만한 감정의 찌꺼기들을 적지 않는다,

그리고 최종적으로는 이름을 부르지 않는다, 가 있었다.

"그러면 어떻게 불러야 하는데?"

매기가 그런 규칙들을 늘리면 늘릴수록 나는 비참해져갔는데 매기는 그렇게 무너져가는 내 마음을 일부러 모른 척하는 것인지, 그래도 둘 중 하나는 악역을 맡아야 만날 수 있다고 생각했는지 그런 상태를 감안해주지 않았다. 하지만 나는 이미 매기가 그쯤 이야기했을 때부터 위태로워지던 상황이었다. 그런 규칙들 속에 이 관계에 대한 은폐의 기도가 온통 들어가 있다는 사실에 창백하게 질려가고 있었다. 어디에도 우리의 재회가 가져온 감정의 블루밍함에 대한 고려는 들어 있지 않은 것 같았다.

이름이 아니라 별명을 지어 부르자는 규칙이 추가된 날, 우리는 호텔에서 자고 새벽에 종로로 나와 아침 식사 거리를 찾아 헤매고 있었는데, 매기의 이야기를 들으며 한 발 한 발 옮길 때마다 그 분명한 선으로 그어진 보도블록의 촘촘한 간격만큼 모멸이 연속되는 듯했다.

"나한테 별명을 지어줘. 그게 입에 붙으면 너가 누구랑 있을 때 내 전화를 받아도 괜찮을 것 같으니까."

우리는 그런 얘기를 하면서 아침을 충분히 주문할 수 있는 베이커리 카페들을 연속해서 지나쳤다. 잠깐 매기가 서서 빵을 먹을까, 크루아상 같은 것, 하고 물었지만 이미 머리부터 발끝까지 견딜 수 없는 상태로 숨을 몰아쉬고 있던 나는 발걸음을 계속했다. 내가 멈추지 않자 매기는 여전히 그 보스턴백을 든 채로 따라왔다. 또각또각 하는 구두 소리를 들으며 저 가방이 매기에게 무겁지 않을까 생각했지만 그 정도는 자기가 알아서 해야지, 하고 마음의 고삐를 쥐었다. 처음에는 기울려는 애정을 멈춰야 했지만 포옹이 시작된 뒤로는 이상하게 매기를 향한 어떤 적의와 냉소를 내리눌러야 했다. 무엇보다 그 당시에 나는 자기에게 애칭을 지어달라는 한심한 요청을 들어줄 만큼 인내심이 있지 않았다. 그래서 매기를 끌고 괴롭히듯이, 택시도 타지 않고 내가 원하는 아침 식사가 무엇인지도 말해주지 않고 계속 걸었다.

매기는 그런 내 마음을 어느 정도 눈치챘는
지 아니면 정말 천진하게 내가 매기의 사랑스러
운 애칭을 고민한다고 믿었는지 별다른 반대 없
이 따라왔다. 그렇게 해서 우리는 사람들이 대부
분은 그들의 집에서 깨어 옷을 입고 출근을 준비
하는 그 시간에 또다시 걸을 수밖에 없었는데, 걷
다가 걷다가 마침내 너무 걸은 매기의 발뒤꿈치
가 가죽 구두에 긁혀 절뚝거리게 되었을 때에야,
나는 맛집도 아니고 그리 맛있어 보이지도 않는,
그냥 배달되어 온 패키지를 대충 데워줄 것이 분
명한 순댓국집으로 불쑥 들어갔다. 휑뎅그렁하니
넓은 매장 한편에서 텔레비전을 왕왕 틀어놓고
자고 있던 아줌마가 느리게 일어나 편하게 앉으
셔, 하고 특정하지 않은 어딘가를 가리켰다. 우리
는 대형 텔레비전이 바로 보이는 자리에 앉아서
누가 시키지도 않았는데 스테인리스 사각통에서
깍두기와 배추김치를 꺼내 자르고 수저를 나눠서
챙겼다.

"너는 어떤 엄마야?"

나는 아직 음식이 나오지 않았는데도 아줌마가

썰어 갖다준 양파를 아작아작 씹고 있는 매기를
쏘아보다가 물었다. 매기는 그런 말 말라는 듯 양
파나 먹어, 했다.

"사각사각하네, 괜찮네."

사실 내가 묻고 싶은 것은 어떤 엄마인가는 아
니었다. 과연 나를 이렇게 만나고 제주도로 돌아
가 그 고급스러운 유기농 스토어의 사장인, 나로
서는 직접 본 적은 한 번도 없고 지역신문사와
"제주의 청정 농산물 얼마든지 승산 있죠"라고 인
터뷰한 그 남자에게 매기가 어떤 태도로 대하는
가를 묻고 싶었던 것이었다. 아니, 더 나아가 우
리는 어떻게 되는 거야, 하고 묻고 싶었다. 매기
가 가지고 있는 이상한 환상—우리가 애칭이라
도 지어서 부르고 룰만 잘 지키면 마치 20대 시
절의 우리로 돌아갈 수 있는 것처럼 구는—을 깨
고 싶은 마음이 있었던 것 같다. 우리 관계가 매
기가 출연하는 그 드라마들처럼 과거를 재연하면
믿거나 말거나 재연이 가능한 듯 행동하는 것은
이 관계에서 오는 책임을 미루려는 음모라고 생
각했다. 그렇게 하면 오늘은 유지될지 몰라도 내

일은 아닐 것이었다. 미래는 절대 긴 현재 따위가 아니고, 그렇게 아무 일 없이 연장되는 것이 아니고 선택하는 것이었다. 우리 미래가 가능하자면 현재의 불안을 유지하는 것이 아니라 오히려 그 불안을 증폭시켜 서로의 현재를 찢고 나와야 했지만 매기는 그럴 생각이 없는 것 같았다. 사람들이 정육점이라고 말하는 데는 어쩐지 미화의 음모가 있어, 라고 고백하는 것은 내게만이고 김포에서 비행기를 타고 서울을 떠나면 온난하고 푸근한 제주의 계절, 그 안락함이 주는 매기만의 현재에 완전히 충실하고 싶은 것 같았다. 그렇게 생각하면 서울에 혼자 남겨진 나는 한없이 억울하고 비참했다. 비무장지대의 철책 안 PX에서 매기가 매직으로 휘갈겨 쓴 문장을 내려다봐야 했던 때로 돌아가버렸는지도 모르겠다고 생각했다. 간단히 말해 군대 두 번 간 기분이었다.

"별명을 지어달라고? 애칭을?"

매기는 고개를 여러 번 끄덕이며 나를 재촉했다. 나는 그런 매기의 얼굴, 간밤의 피로가 쌓여 있기는 하지만 어쩔 수 없이 아름답고 너무 동그

랑고 예뻐서 유순한 동물의 눈을 떠올리게 하는
그 눈과 양파를 씹는 두 입술을 바라보았다. 그
리고 그 옆에 놓인 잠시 이곳에 다니러 온 사람
이 준비해서 가지고 다니는 보스턴백, 냉온탕
을 오가는 사람처럼 내 마음은 애인의 아름다움
과, 관계의 미래를 확정할 수 없는 데서 오는 비
참함 사이를 오가고 있었다. 그렇게 운동하는 비
참함은 내 얼굴을 찌푸리게 하고 호흡수를 증가
시켰으며 뭔가 총체적으로 나쁘고 더러운 감정들
이 차오르고 있다는 생각을 하게 했는데, 그때 뉴
스에서 몇 마디가 귀에 들려왔다.

"적폐 어때?"

나는 매기를 보며 물었다.

"적폐?"

매기가 양파를 씹다가 의아하게 물었다.

"아니면 청산 어때, 청산."

"내 애칭으로?"

매기가 그제야 내가 마음속에 품고 있던 야유
를 제대로 받은 듯 얼굴이 굳었다.

"청산이 어떻게 애칭이 돼?"

"되지, 당연하지. 얼마나 깨끗해지는 말이니? 아주 말끔하게 없애자는 거 아냐. 우리 이제부터 다시 시작, 오늘부터 1일, 뭐 이런 거잖아."

그때 아줌마가 밀차에 순댓국 두 그릇을 얹어 주방에서 밀고 나왔다. 그리고 우리 앞에 한 그릇씩 내려놓았다. 매기는 나를 바라보면서 그러니까 자기에게 주려는 것이 정말 진실로 모욕인가, 상처인가를 확인해야 하는 사람의 어딘가 두렵고 긴장한 표정을 지었다. 그러고는 의혹에 찬 사람처럼 눈을 가늘게 뜨더니 이내 마음을 반듯하게 정리하고 네가 내게 던지려는 것이 그런 볼이라면 가만히 받고만 있지는 않겠어, 하는 결의를 숨기지 않는 거친 동작으로 밥을 말았다. 평소라면 분명히 덜어냈을 양념을 자기도 모르게 다 풀어서 붉은 국물을 만든 다음에 매워서 몇 숟가락 먹지 못하고 내려놓았다.

"안 먹어? 왜, 안 먹혀?"

"안 먹혀."

안 먹힌다는 말에 나는 마음이 쓰였지만 그런 염려는 이내 뜨거운 밥에서 나는 한김처럼 사라져버렸다.

"왜, 야, 맛없니? 우리한텐 이런 음식이 딱이야. 우린 그냥 이런 거 먹고 미사리에서 데이트하고 모텔에서 대실해서 자고 그러는 거야. 원래 내연관계는 그런 거야."

나는 순댓국집 아줌마도 매기가 나오는 프로그램의 시청자일지 모른다고 생각하면서도 말을 참지 못했다. 다행히 텔레비전 뉴스 소리는 홀을 충분히 채울 만큼 크고 앵커 목소리는 충분히 낭랑하니까, 두려울 것은 없었다. 냉랭함이 테이블 위를 흐르고 우리는 오랫동안 침묵을 지켰는데 아줌마가 음식물쓰레기를 갖다 버리려고 지나가다가 이편을 보더니 양파 더 줘요? 했다. 내가 감사합니다, 사장님, 하자 아줌마는 부엌으로 들어갔고 양파를 써는지 도마에 칼이 부딪히는 소리가 들렸다. 우리 것만 써는 것이 아니라 오늘 하루 동안 쓸 양파를 다 써는지 도마 소리는 끊이지 않았고 침묵이 버거워 은근히 아줌마를 기다리고 있던 나는 초조해졌다.

이윽고 아줌마가 양파를 그릇에 담아 내왔다.

정확히 매기가 눈물을 뚝뚝 흘리고 말았을 무렵에. 우는 것을 감추려는지 매기는 고개를 숙여서 순댓국을 먹는 척했는데, 아줌마는 눈물에 젖어서 구겨져 있는 냅킨을 손 바지런하게 집어가면서 "예쁘네"라고 한마디 했다. 그리고 냅킨통을 채우면서 나더러 "예쁘지 않아요?" 하고 물었다. 나는 뭐가 예쁘다는 것인지 매기를 혹시 알아봤는지 알 수 없어서 애매하게 입꼬리를 올려 미소도 뭣도 아니고 그 말을 듣긴 했다는 기척 정도에 지나지 않는 표정을 지어 보였다.

"손가락이 너무 예쁘잖아. 요즘 아가씨들 이런 거 받는데 난 이게, 참 예뻐."

그때서야 매기의 손가락들이 눈에 들어왔다. 아주 파란색 손톱이었다.

"이거 뭐라 그러더라, 손톱 꾸미는 거."

"네일아트요."

"맞다, 네일아트. 그거 참 예뻐."

"한번 받아보세요."

"에고, 아녜요, 부엌에서 일하는 사람이 뭘 그런 걸 받아. 금방 지워지지."

"젤 네일을 받으시면 안 지워져요."

"안 지워지는 매니큐어도 있어?"

"있어요, 안 지워져요."

"신기하네."

그게 그렇게나 예쁘고 신기한 일인지 한동안 매기의 손톱을 칭찬하던 아줌마는 부엌으로 돌아가 물을 틀고 그릇을 닦으면서 아침을 시작했다. 그리고 노래를 흥얼거렸는데 55인치는 될 듯한 대형 텔레비전 소리에 간간이 묻히기는 하지만 멜로디와 가사가 너무 친숙해서 귓가에 쏙쏙 들어오는 그 노래는 옛날에 금잔디 동산에, 매기, 하는 곡이었다. 같이 앉아서 놀던 곳, 물레방아 소리 들린다, 매기, 내 사랑하는 매기야. 그 뒤로 이어지는 가사는 내가 알기로 동산 수풀 없어지고, 인데 아줌마는 자꾸 동산 수풀 사라지고, 라고 불러서 나는 신경이 쓰였다. 없어지고와 사라지고는 엄연히 다르고 나는 그걸 아는 사람이니까 정정하고 싶은데 지금은 딱히 뭐가 다른지를 설명할 수 없을 것 같았다. 다만 맹렬히 숟가락질을 하면서 그건 정말 다른데, 아 가사가 다른

데, 라고 생각하다 화장실을 다녀왔을 때 자리에
는 매기와 보스턴백이 없었고 사라진 뒤였다.

그렇게 헤어진 뒤 한동안 우리는 서로에게 연
락하지 않았다. 며칠은 차라리 이런 결말이 잘되
었다고 생각했다. 내가 너무 손해인 관계가 아닌
가. 나는 지금은 그렇지 않지만 대학 시절 매기
를 만날 때만 해도 교회를 다니며 사춘기 시절 했
던 혼전순결의 맹세를 지키던 독실한 종교인이었
다. 매기가 나와의 그 섹스 없음에 경종을 울리며
사라지고 만 일은 그냥 하나의 연애가 끝이 난 게
아니라 내 인생 전체의 신념이 야유를 받은 것이
었다.
　나는 군대에서 더 이상 주일에 교회를 찾지 않
았고 전역하고 나서는 충실하게 나가던 크리스
천 동아리도 그만두었다. 내가 공부하곤 하던 스
타벅스로 찾아와 다시 모임에 나오라고 설득하던
동아리장은 뭔가 석연찮은 이유로 거절하자 몇
번이고 커피와 조각 케이크를 사 주며 달래다가
포기하면서 슬프게도 스타벅스 냅킨에 "성령을

받아라. 누구의 죄든지 너희가 용서해주면 그들의 죄는 용서받을 것이고 용서해주지 않으면 용서받지 못한 채 남아 있을 것이다" 하는 「요한복음」의 문장을 적어주고 쓸쓸히 퇴장했다.

그때 나는 종교만이 아니라 내 정신의 영역 모두에 청산과 개혁을 하고 있었다. 평생 내가 세례받아온 어떤 세계를 심각하게 모독하고 만 매기의 그 문장―나는 인간이니까 당연히 섹스를 하며 살아야 해. 미래가 아니라 지금 당장―은, 윤병장의 의도가 정확히 들어맞아서 아주 생생하게 나를 압도하는 거대한 모욕으로, 마치 겨울날 거리에 김을 올리며 놓여 있는 뜨끈뜨끈한 똥처럼 기능했다. 온통 얼어붙은 나라는 인간의 내면세계에는 오직 그것만이, 그 똥만이, 그것을 내놓은 누군가의 육신성을 증언하며 모락모락 김을 피우고 있었다. 그런 판국에 내가 어디를 가서 구원을 기다리고 내 자신을 반성하며 이웃을 사랑하기란 불가능한 일이었다. 그 상황에서 내가 할 일이란 아주 예민해지는 것이었다. 그러니까 먹고사는 일에, 돈을 벌거나 돈을 벌 수 있도록 하는 삶에,

치부를 하고 그 치부한 것에 또 다른 치부를 얹어 크레이프케이크처럼 여러 겹의 치부를 하는 일, 아무리 단면을 잘라보아도 어디에도 그 치부의 증거가 훌륭한 레이어로 확인될 수 있게 아주 확실히 돈을 모으는 일, 모을 수 있으리라 생각되는 과정에 몰두하는 일, 그것이 나의 20대와 2000년 대, 더 나아가 매기와 재회하기 전까지의 내 인생이었다.

그때 군 복무 시절의 실연은 상처였지만 나는 복학과 동시에 당연히 연애를 했고 그 과정에서도 다행히 치부의 과정은 방해받지 않도록 조심했다. 일과 학습, 조교 시절에는 학과 일이 우선이었고 돈도 최대한 아꼈다. 그래서 두 번의 연애는 너는 왜 이렇게 짜니, 왜 이렇게 룰이 많고 목표와 다짐뿐이야, 숨이 막혀, 하는 말과 함께 끝났다. 그래도 그 연애들의 섹스는 미래를 위해서 저당 잡히지 않고 그때그때 해소되었는데 막상 그러고 나니 대학 시절 매기를 바라보면서도 내가 지닌 신과의 약속 때문에 그 사랑스러움을 정신적인 영역에만 놓으리라 다짐했던, 참았던 내가 다소 해괴하게 느껴졌다.

매기가 순댓국집에서 나가 더 이상 연락하지 않는 날들에, 나는 그런 계산들에 다시 몰두했다. 간음은 혼전순결과는 비교도 되지 않는 죄악이었다. 나는 비록 신심을 잃었지만 그래도 그것이 내세에서 지옥행 익스프레스 티켓과 같다는 사실은 똑똑히 아주 체감적으로 기억하고 있었다. 하지만 어느 봄날의 한강 변에서 매기를 향한 마음이 그 모든 것을 완전히 이겨버렸고 나는 내 마지막 남은 홀리함을 거의 파산에 가까운 상태로 두며 이 관계를 선택한 것이나 다름없었다.

나는 '정식' 연애를 다시 하리라 생각했다. 사랑이라는 것이 마땅히 갖추어야 할 '쇼잉'의 기쁨을 마음껏 누리리라, 거리에서 애인과 팔짱을 끼고 손을 잡으리라. 허리에 손을 두르고 가능한 한 아주 가까이 밀착할 것이다. 마음껏 맛집을 돌아다닐 것이다. 이미 충분하게 먹은 레이디치킨의 양념 반 강정 반이 아니라 마포구 망리단길만 해도 손에 꼽을 만큼 넘치는 맛집들을 두루두루 다녀볼 작정이었다.

거기에는 카운터 아래에 강아지 퍼그가 앉아 있어서 예약을 할 때면 언제나 여기 개가 있습니다, 라는 공지의 말을 들어야 하는 프랑스 가정식 집이 있었다. 막상 가보면 너무나 조용하고 깨끗해서 콩 한 톨 흘리기가 참으로 어려운데 정작 있다는 개는 보이지 않고 나중에 계산할 때나 카운터 안쪽을 들여다보면 퍼그가 이름과는 달리 힘없이, 어디가 아픈지 완전히 잠에 취해서 시름시름 누워 있었다. 햄버거집도 있었다. 콜라를 시키면 병째로 갖다주는데 요즘은 잘 팔지도 않는 그 병콜라를 어디서 구입해 오는 것이 아니라 그냥 페트병 콜라를 병에다 '부어주는' 것이었다. 그렇게 하면 어딘가 멍청해 보이는 페트병 콜라도 병콜라의 레트로함을 흉내 낼 수 있었다. 마치 외국 영화의 세트장처럼 한 30명은 너끈히 앉을 만한 길고 긴 흰 테이블이 놓인 카페도 있었다. 거기서는 당연히 누군가와 합석해야 하고 그러면서도 주위 사람들과는 투 머치 인포메이션이 없는 예의 바른 소외를 주고받아야 했다. 더 특이한 건 테이블 위에 마치 어느 망한 왕조의 오늘을 상징

하듯 화려한 샹들리에가 무참한 듯하지만 실제로
는 아주 안전하게 떨어져 놓여 있는 것이었다. 그
런 테이블에서 '정식의' 애인과 마시는 풍부한 거
품의 티 라테와 오트밀 쿠키 등에 전념할 것이다.
나도 버젓하게 거리낌 없이 연애를 하리라.

그렇게 다짐하자 사람 마음 한순간이라고 매
기가 요구했던 그 넌덜머리 나는 규칙들을 곱씹
으며 연연할 필요가 없었다. 마치 새로운 나라에
서 태어난 기분이었다. 매기가 내게 했던 모든 말
들은 서로가 서로의 관계를 승인하는 가운데서나
가능한 것이지 디폴트를 버리고 나서는 에스키
모 말이나 브라질 어느 부족의 소수어나 다름없
는 것이었다. 우리가 디폴트라고 생각했던 우리
의 관계, 최소한 우리를 유지시켜주던 그것을 버
리고 나면 관계뿐만 아니라 그것을 약속했던 말,
육체, 미래까지 단숨에 사라지고 만다는 것을 흥
분 속에서 받아들였다.

나는 SNS에서 부지런히 핫플레이스를 알아보
고 관심글로 저장하며 하루를 보냈다. 그런 나의
즐겨찾기 목록을 갱신할 때마다 어떤 약속의 땅

으로 나가는 기분이었다. 당연히 한강에도 나갔
다. 내친김에 자전거도 한 대 사서 땡볕이라 15
분 이상 타면 열사병으로 쓰러질 듯했지만 세이
렌의 부름을 이기지 못하는 오디세우스처럼 며칠
은 어떻게 해서든 기어 나갔다. 선착장의 아스팔
트 경사면에 다정하게 앉아 있는 연인들의 뒷모
습을 바라보면서 그리고 공원과 지나치게 가까이
있어서 어딘가 비현실적인 느낌을 주는 성산대교
의 야간조명을 바라보면서 나는 괜찮다, 라고 소
리쳤다. 버젓하다, 아주 제대로다!

  하지만 그 시기가 지나자 예상치 못하게 엄청
난 무기력이 밀려 들어왔다. 나는 친구 소개로 알
게 된 '미소'라는 이름의 여자와 데이트를 하기도
했지만 재즈페스티벌 가자는 제안을 거절하는 것
으로 그 만남을 얼마 못 가 그만두었다. 보관해놓
은 수백 개의 핫플레이스 목록은 여전히 가상의 목
록, 타인들의 게시물로만 남았을 뿐 나의 리얼리티
로 재현되지 않았다. 위시리스트일 뿐이었다.
  그 당시 일상의 변화라고 할 만한 일은 코엑스

에서 열리는 도서전에 회사가 참가했다는 것 정도였다. 나는 매해 열리는 그 행사를 끔찍하게 싫어했는데, 전시장 안이 덥고 건조하며 시끄러워서 사람을 소금물에 절인 배춧잎처럼 멍하고 무기력하게 만들기 때문이었다. 그리고 편집자로 책을 만들 때는 별로 못 느꼈는데 책이 매대에 놓여서 흥정당하고 값이 매겨지고 때로는 후려쳐지면서 팔리는 상황을 목도하는 것이 썩 기분 좋은 일은 아니었다. 더 당혹스러워지는 것은 어린이 책을 만드는 우리 팀은 아주 점잖고 다정하며 대체로 무소유의 감각이 있는데 그 부스에만 앉으면 어떻게 해서든 맹렬히 팔아야 한다는 열망에 휘둘리게 된다는 것이었다. 생태운동을 하는 아버지를 두어서 '보리싹'이라는 예쁜 이름을 가진 동료는 어머니, 어머니, 그 나이 때면 꼭 읽어야 해요, 아예 한 질 들여가세요, 아주 명품 책이에요, 하고 열심히 호객을 했다가 나중에 그 장면을 목격한 내게 미안해, 하고 사과하기도 했다.

"잊어줘요, 내가 그런 단어를 썼다는 사실이 내 스스로 용서가 안 되네."

출판사에서 내가 하는 일이란 유아 도서들을 번역하고 편집하는 일이었다. 사무실에는 다섯 명이 일했는데 전교조 교사들이 내는 학생 잡지와 유아용 도서가 주력 라인이었다. 우리 다섯은 내성적인 편이라서 웬만하면 서로 말을 걸지 않았다. 각자 맡고 있는 일 중에 협업이 필요한 것이 별로 없었기 때문에 가능한 일과였다. 다만 책에 딸려 들어가는 장난감을 제작할 때만 머리를 맞댔는데 천으로 만든 뱀이나 고무 오리, 색종이로 접는 장수풍뎅이 같은 것들이었다. 우리는 모두 아이들 책을 만드는 사람들이지만 또 공통적으로 다 결혼을 하지 않았고 아이가 없어서 어떤 제품이 인기 있을지 늘 헷갈렸다. 사장에게 아이가 있기는 했지만 그 아이는 어려서부터 영재 소리를 들어서인지 취향이 보편적이지는 않았다. 우리는 그걸 알면서도 올해 도서전을 위한 캐릭터 인형을 준비하면서 사장이 굳이 전하는 사장아이의 '선택'을 고려하지 않을 수 없었다. 아주 강력하게 개미를 주장했다고 했다.

우리는 하는 수 없이 아이의 주장에 따라 실제

에 가깝게 아주 까맣고 까만, 더할 수 없이 까만 개미 인형 천 개를 만들었다. 그리고 코엑스의 두 평짜리 우리 부스에 그것을 쌓아 올렸는데 매대를 중심으로 두 기둥을 이룬 그 개미 떼는 호오好惡와 미추美醜를 떠나 장관은 장관이었다. 그 검은 원기둥 사이에 겨우 펼쳐놓은 매대는 꼭 검은 초코 쿠키 사이에 놓인 바닐라 샌드 같았다. 그리고 당연히 아이들의 이목을 끌었는데 누구 하나 갖고 싶어 하는 애들이 없었다. 애들은 호기심을 가지고 다가와 일단 와— 놀란 다음 그 사실적으로 묘사된 다리 여섯 개를—다리의 솜솜한 가시털까지 빠지지 않고 묘사하고 있었다— 손가락으로 만져보다가 징그러워, 하거나 싫어, 싫어, 질색을 하며 지나갔다. 모두가 개미를 본 적이 있고 모두가 개미에 대한 기억이 있지만 개미를 원하지는 않았고 다만 그 개미를 원하지 않음을 드러내는 데만 적극적이었다.

　우리는 머리가 정말 와글와글해지는 기분이었다. 개미를 왜 만들었어, 왜, 잠깐만 생각해봐도 당연한 일이었는데. 누가 개미 같은 시시한 곤충

에 신경을 쓸까, 그건 잠자리처럼 날지도 반딧불
이처럼 빛나지도 하다못해 꿀벌처럼 어떤 달콤함
을 암시하지도 않는데. 그것은 그냥 바닥을 기면
서 그 무던함과 성실함으로 바글거리며 한 입 한
입 물어다 겨우 개미 공동체를 유지하는 데 사명
을 걸고 어느 선택된 여왕개미의 다산을 위해 복
종하면서 아둔하게 살아가는데. 나는 그 무더기의
개미 인형을 보며 무언가 인생이 참 허망하다—
생각했다. 아무것도 없다, 덧없다, 사라진 매기처
럼.

그렇게 원하는 매출을 이루지도 못하고 부스를
접을 때쯤, 내 담당 저자인 김승복 선생이 찾아왔
다.

"여기 뭐가 웬 개미가 이렇게, 와 이거 잘 만들
었다. 아주 실감 난다. 이거."

우리 부스를 찾는 모든 이들이 그랬듯 선생도
일단 개미에 반응했다. 밖이 많이 더운지 선생의
와이셔츠가 땀에 젖어 있었다. 폐관을 앞두고 전
시장 에어컨을 꺼버려서 덥기는 나도 마찬가지였
다.

"어디 갔다 오셨어요?"

"교육청에요, 자문회의요."

"회의는 잘되셨고요?"

"회의하면 뭐해요. 다 와꾸는 짜가지고 공무원들 뭐 우리한테 들러리나 서라는 거죠. 가보면 다 짜여 있어요. 듣지도 않아요."

"듣지도 않는데 왜 부르는 걸까요?"

"요식행위죠, 가서 이래저래 떠들고 싶지도 않아요."

"왜요, 말을 하셔야죠. 그래야 교육도 잘되고."

"잘될 것도 없어요. 애들을 그렇게 잃어놓고 우리가 할 말이 있습니까?"

나는 뭔가 음료를 대접하고 싶었지만 있는 거라고는 아이스박스의 요구르트밖에 없었다. 옆 부스에서는 벌써 뚝딱거리며 철수를 준비하고 있었는데 그 알록달록 예쁘기만 한 장식들이 찢기고 벗겨져나가는 동안에도 우리는 이 거대한 개미 기둥을 어떻게 치워볼 생각도 하지 못했다.

"그런데 왜 개미를 택했어요? 아이들이 안 좋아할 텐데."

"사장님 아드님이 점찍었는데 안 됐어요. 큰일 났습니다, 쌤."

"안 되죠, 일상적으로 만나는 것들은 쉽게 진저리가 나거든요."

오래 앉아 있으면 웬만한 사람들을 다 무기력하게 만드는 전시장 공기에 전염되었는지 김승복 선생도 그러고 한동안 말이 없었다. 우리는 요구르트를 빨며 앉아 있다가 내년에 출간할 예정인 원고에 대해서 잠깐 얘기했다. 선생은 컨디션이 안 좋아서 쓸 수 있을지 모르겠다고 시들하게 대답했다.

"왜요? 어디 안 좋으세요?"

"별건 아니고, 뭐 그냥 피지컬한 문제이긴 한데."

선생은 요즘 뭔가 매캐하게 가슴이 답답하고 체기가 있는 것 같아서 자주 긴장을 느끼고 몸이 굳어 한의원에서 침을 맞는다고 했다.

"몸이 굳어요?"

"네, 굳어서 여기가, 심하면 몸이 떨리기도 하고."

"쌤, 너무 무리하시는 거 아녜요? 쉬셔야죠."

"쉬어야죠, 그럼요. 그런데 한의사가 그러더라고요, 그거 힘이 없어서 그런 게 아니라 힘이 있어서 그런 거라고."

"힘이 있어서 그런 거라고요?"

"네, 힘이 있으니까 화나고 긴장하고 굳고 괴롭고 하는 거라고요. 울화도 활력입니다, 하는데, 요즘 통 글을 못 써서 힘이 없나 보다 기력이 떨어지나 보다 했는데…… 내년에 책을 낼 수 있을지 모르겠어요, 무엇보다 내켜야죠."

김승복 선생은 가면서 동화책을 몇 권 골라 신용카드로 계산했다. 늘 현찰만 쓰고 현금영수증이나 하는 것 따위는 절대 하지 않는 선생이라서 나는 어, 쌤, 카드 만들었어요? 하고 반색했다. 선생은 좀 무안한 듯 웃으며 저도 어쩔 수 없이 현실로 돌아왔습니다, 하고 답했다.

"연말정산이 어마어마해서요."

"그렇죠, 13월의 월급, 중요해요."

지난겨울 만났을 때만 해도 선생은 아예 신용카드가 없다고 했다. 천 원짜리와 만 원짜리 지폐

들로 불룩한 지갑을 바지 뒷주머니에 넣고 다니며 현금만 썼다. 그런 현찰 고집은 습관이 아니라 신념에 가까운 것이었다. 은신과 도피를 반복해야 했던 대학 시절부터 그랬다는데 그때야 시국이 그렇지만 지금도 그러는 건 좀 특이한 일이었다. 선생은 시간이 흘러 세상 좋아졌다지만 이런 정권 아래에서 뭘 어떻게 믿느냐고 그들이 무슨 꿍꿍이를 꾸밀지 어떻게 아느냐고 했다.

"에이, 요즘 세상에, 뭐 그렇게까지. 그러지 말고 신용카드 쓰세요. 포인트도 쌓고 할인도 받고 김 선생."

옆에 있던 다른 필자가 무안을 주자 같은 테이블 사람들이 조용히 웃었다. 보리싹 편집자가 그래도 신용카드 그거 다 빚인데 안 쓰는 게 좋죠, 하면서 도왔다. 그러자 김 선생은 좌중을 둘러봤는데 나이가 있어봤자 나처럼 30대 중반, 대부분은 젊은 사람들이라 떠들어본들 망상가로 찍히기 십상이다 싶었는지 더는 그런 음모론을 펼치지는 않았다. 하지만 그래도 자기 내부에서 올라오는 어떤 경계의 말은 도저히 참을 수가 없는지 여러

분, 바이런이 이렇게 노래했어요, 하면서 대화를 마쳤다. "미래에 대한 최선의 예언자는 과거다."

동료들과 그 개미지옥 같은 부스를 철거하면서 나는 이상하게도 김승복 선생이 더 이상 현찰이 아니라 비자가 발급한 신용카드를 쓰게 되었다는 사실을 반복해서 생각했다. 선생이 드디어 신용카드를 쓰게 되었다는 것은 그 모든 신념의 물러섬이나 느슨함을 뜻하는 것일까. 내가 매기라는 쓰나미를 뒤집어쓰면서 매번 인생의 전도顚倒를 경험하는 것처럼. 그러니까 시대가 그랬다면 매기가 나라이고 매기가 적폐이며 매기가 과거이자 매기가 독재자, 매기가 민주 시민 매기가 미래이자 예언자인가. 나는 그렇게 잘도 분열되는 매기, 매기인 것에 대해 생각하다가 짐을 모두 영업부 차에 밀어 넣고 회식을 하러 갔다.

봉은사역에 있는 명태 전문점에서 우리는 북엇국과 북어찜, 명태더덕구이, 명태튀김, 명태전, 동태탕 같은 대구목 대구과에 속하는 한류성 바닷물고기로 할 수 있는 거의 대부분의 요리를 테이블에 올려놓고 먹었다. 그리고 9호선 급행을 타

고 닭장의 닭처럼 끼인 채 돌아오는데 지하철이
달릴 때 여기가 한강 바닥을 깊이깊이 판 바닥의
바닥이라는 생각이 들었다. 언젠가 매기와 함께
여의도역에 갔다가 "이 역의 환승 통로가 이렇듯
깊은 이유는 강의 밑바닥을 팠기 때문입니다"라
고 쓴 안내문을 봤기 때문이었다. 그때 빡치는 사
람이 많나봐, 매기가 말했던 것이 기억났다. 오죽
하면 한강물 탓이라고 써놨겠어, 했던 것이.

매기를 사랑하고 나서 줄곧 나를 붙잡았던 의
문은 왜 내가 이런 관계를 선택했는가, 였다. 그
런데 적어도 9호선에 몸을 구겨 넣고 만원의 상
태를 견디며 바닥과, 그 바닥의 깊음과, 그래서
겪는 불편과 고통과 힘듦과 귀찮음 모두의 원인
인 한강에 대해 생각할 때에는 매기와 나의 관계
에서 선택이란 가능하지 않았다는 생각이 들었
다. 마치 빗물이 손바닥을 적시듯 매기가 내 인생
으로 툭툭 떨어져 내렸다는.

"너는 결국 이 관계의 종료 버튼을 먼저 누를

거야."

언젠가 매기는 나와 다투다가 슬프다고도, 기쁘다고도 할 수 없는, 하지만 분명 담담하고 받아들일 준비가 돼 있는 사람의 투로 말했다. 그날 다툰 것은 족발 때문이었다. 운전하며 나와 통화하다가 음소거 버튼을 누르지 않고 차에서 내려 매기가 족발집에서 족발을 샀기 때문이었다. 늘 먹던 족발이 앞다리였는지, 뒷다리였는지, 확인하면서 가족과 먹을 저녁을 사는 그 과정을 듣는 일은 원치 않은 누군가의 내밀한 사생활을 엿봐야 하는 심약한 목격자처럼 확실하게 꺼려지는 일이었다. 누군가의 그런 평온하고도 가족적인 저녁 식사가 내게 던진 이물감은 아주 진했다. 일종의 관음증 환자가 된 기분이었다. 다음에 만나 내가 항의하자 매기는 마치 경고하듯 손바닥을 펼쳐 보이면서 "너가 그렇게 감정적으로 굴 때마다 나는 네가 이 관계에 성의가 있는지, 아니면 그냥 한번 먹어본 여자니까 이제 알아서 네 비위를 맞추라는 건지 알 수가 없어"라고 말했다.

먹어보다니, 나는 매기가 사용한 그 단어에 놀

랐다.

"말 다 했니?"

"다 못 했어."

"누가 누굴 먹어? 우리 사이가 그 정도밖에 되지 않아?"

"너가 이렇게 구는 것, 먹은 사람한테만 그럴 수 있는 거야."

"아니야."

"아니야?"

"아니야."

"아, 그럼 내가 다른 사람이랑 헷갈렸나?"

다른 사람…… 당산에서 내린 나는 2호선으로 갈아타지 않고 양화대교 위를 걸었다. 날은 여름이라서 밤이라도 더운데 고독감이 셔벗처럼 발목에 서걱대는 것 같았다. 편의점에 들러 만 원에 다섯 캔 하는 세계 맥주를 살 때도 그 기분은 이어졌다. 마침 편의점에는 로커의 친구가 와 있었다. 역시 동일하게 같은 밴드에서 활동하는 그는 뭐가 그렇게 신이 나는지 연신 "야, 죽이지 않냐?" "와, 진짜 죽이지 않냐?" 하는 말을 반복하고 있었다. 친구가 그러자 로커도 장단을 맞추며 정말 그렇다고, 뭔지 몰라도 그것은 참으로 죽이고 짱이고 최고라고 맞장구를 쳐서 나는 더 완전하게 외로워졌다.

조금만 걸었는데도 이미 맥주에서 습기가 배어 나와 젖어들고 있는 비닐봉지를 들고 집으로 가면서 나는 매기에게도 언제나 현금만 쓴다는 룰이 있었음을 상기했다. 자기만 아니라 나도 쓰지 못하게 했는데 당연히 기록이 남기 때문이었다. 우리는 뭐든 그렇게 '축적'이라는 것을 해서는 안 되는 사람들이었다. 그래서 우리는 함께 사진도 찍지 않았다. 둘이서 다정하게 카메라를 바라보는 일, 그것이 아무리 기계의 눈에 지나지 않더라도 그렇게 제삼의 눈을 바라보는 게 차마 못할 일이었다. 그렇게 객관화했을 때 우리는 아마도 무너질 것이었다. 우리가 아무리 우리의 오늘은 새롭게 돌출한 것이 아니라 오래전 끊겼던 관계가 연장된 것일 뿐이라고, 달라진 우리의 조건은 우리가 개의치 않으면 개의치 않을 수 있으리라고 변명했지만, 뻔뻔하게 포즈를 취할 만큼은 아니었다.

그래서 우리는 기록을 원하는 순간에는 서로가 아니라 오직 풍경만을 찍었다. 그렇게 해서 아마도 서로의 카메라에 남아 있을 서울의 모습들은, 한강의 벤치와 농구장 트랙, 음료수 자판기와 계단 그리고 양화진 묘지의 늦도록 열려 있는 철문들은 정작 기록하고 싶었던 어떤 피사체를 슬프게도 비껴난 채, 부정확하고 모자라게 매기를 재현하고 있었다.

나는 휴대전화를 꺼내서 몇 장 넘겨 보다가 하지만 셀피 한 장 남기는 일마저 두려워하면서 우리가 앞으로 무엇을 감당한다는 것일까, 생각했다. 그리움을 느끼는 동시에 내 자신이 바보처럼 느껴졌다. 그래서 충동적으로 사진 몇 장을 삭제했지만 풍경들을 지워봤자 확보되는 건 2메가바이트도 안 되는 휴대전화 용량뿐이었다. 그 사진들에는 매기가 없으니까 애초에 매기를 지울 수는 없는 것이었다. 나는 어쩐지 차분히 가라앉았고 정확히는 겸허해졌다. 그리고 그 밤을 새워 아침, 매기가 전화해도 된다고 룰에서 정했던 시간을 기다렸고 열한 시쯤이 되었을 때 전화를 걸었다. 걸자마자 나는 마치 그것이 헤어짐의 이유였던 것처럼 애칭으로 매기가 어떠냐고 다짜고짜 물었는데 매기는 으흠, 하고 말을 끌더니 매기 큐에서 왔나 보지, 했다. 네가 좋아하는 배우잖아, 하고. 나는 그런 것은 아니었지만 그냥 그렇다고, 괜찮냐고 물었다. 나쁘지 않네, 가 매기의 대답이었다.

그 여름 나는 사무실에 머무르다가 문득문득 창고에 쌓여 있는 개미 인형들을 들여다보았다. 그것들을 아련하게 바라보며 우리에게 친숙하고 일상적인 것, 끈질기게 삶을 운용하는 어떤 대상에 대한 알 수 없는 적의 따위를 생각했는데, 그러고 있으면 또 매기가 항상 가지고 다니는 커다란 지방시 가방이 연상되면서 그 안에 들어 있는 갖가지 물건들이 떠오르곤 했다. 브러시와 팔레트, 퍼프 같은 갖가지 화장 도구들과 머리끈과 세 가지 종류의 메이크업베이스, 다시 두 가지 종류의 선크림과 오일과 클렌징폼, 기장이 각각 다른 스타킹과 팬티, 그리고 언제 관계자들을 만나게 될지 몰라서 늘 준비하고 다니는 프로필 사진이 부착된 이력서, 언제 먹었는지 모르는 고깃집 명함과 볼펜으로 휘갈긴 촬영팀이 머무는 지방 모텔의 주소. 이름만 들어도 나는 그 숙소들이 어떤 이야기를 위한 촬영이었는지를 짐작할 수 있었다. 그러니까 춘향이라는 모텔은, 바래봉 설산모텔은 매기가 그 지방시 가방을 들고 해내야 했을 어떤 통속의 이야기들을 머릿속에 그려주었다. 하지만 그렇게 머릿속에 매기의 일상이 그려지는 것이 내가 매기에 대해 알게 되는 것이라고 여겼지 빤해진다고 생각하지는 않았다. 나는 내가 최선을 다하고 있다고 생각했기 때문이었다.

3

우리가 2002년, 산소 학번이라는 낯간지러운 애칭으로 불리며 대학에 들어왔을 때 야구모자를 쓰고 신입생 환영회에 나타난 매기는 자기소개를 아주 간단히 "구로 살아요"라고 했다. 그런 시들한 소개는 그러나 어쩐지 내 마음에 파동을 일으켰는데, 나는 막 대구에서 올라와 그때 그 구로라는 것이 무엇을 뜻하는지 아슴아슴했기 때문이었다.

어쨌거나 동네 이외에는 내 자신을 소개할 말이 별로 없다는 '쿨'한 태도의 신입생 매기와 친해진 건 그해 6월에 열린 지방선거 때였다. 리서치 회사에서 일하는 졸업 선배의 소개로 출구조사 아르바이트를 하게 된 것이었다. 우리는 부천역에 모여 관광버스를 타고 장급도 되지 않을 숙박업소에 단체로 묵었다. 버스가 가득 찰 만큼 아르바이트생들이 많았다. 투표가 시작되는 새벽 여섯 시부터 출구조사를 해야 하기 때문에 아예 합숙을 시키는 것이었다. 그리고 두 명씩 짝을 지어 리서치 회사에서 파견된 조장—지금 생각하면 스물네댓 살이나 되었을까 싶은—과 한 조가 되어 어느 초등학교 앞에 던져졌다. 매기는 분홍색 LA다저스 모자를 쓰고 왔는데 그 진달래색 모자는 이상하게 촌스럽고 이상하게 예뻤다. 나는 투표를 하고 나오는 사람들 중 열다섯 번째가 누구인지를 헤아리고 매기는 내가 지목한 사람을 쫓아가 설문을 받아냈다. 태블릿 PC 같은 것도 없을 때라 설문지에 자기가 뽑은 후보를 직접 표시해주어야 했다. 설문에 응한 사람에게는 후라보노 껌을 주었다.

공정 선거를 위해 우리는 학교 정문에서 50미터쯤 떨어진 곳에 대기해 있어야 했고 열다섯 번

째 사람을 지시할 때도 손가락으로 가리키면 안
되고 두 손을 모아서 공손하게 "저분"이라고 칭해
야 했다. 그가 응하지 않으면 열여섯 번째 사람으
로 넘어가는 것이 아니라 '거부'로 처리했다. 그런
데 거부가 많으면 데이터를 내는 데 지장 있으니
까 매기의 역할이 컸다. 나는 지목만 하면 되지만
매기는 가서 말을 걸어야 했으니까. 아무튼 그렇
게 해서 설문을 받아 오면 조장이 30분마다 추려
서 리서치 회사에 결과를 알렸다. 오전에는 사람
이 제법 많아서 시간이 잘 갔지만 정오가 넘어가
자 드물어졌다. 6월 땡볕에 차렷 자세로 서 있는
건 쉬운 일이 아니어서 우리는 점점 벽에 기대기
도 하고 쪼그려 앉기도 하면서 느슨해졌다. 조장
도 그리 깐깐하지는 않아서 나중에는 보도 턱에
셋이 앉아 두런두런 이야기하게 되었다. 물론 눈
으로는 민주 시민의 표본이 될 만한 사람이 누구
인지를 헤아리고 끊임없이 살피면서.

"언니, 언니는 투표 안 해요?"

매기가 조장을 망설임 없이 언니라고 칭하며
물었다. 나는 매기가 딱히 할 말이 없어서 저렇게

묻는가 보다 생각했다. 투표 시간이 끝날 때까지
여기를 지켜야 하는데 당연히 투표를 못 하지, 언
제 투표를 한단 말인가. 그냥 생략하고 건너뛰는
거지.

"나는 안 해. 너희도 못 하지?"

그래도 조장은 선선히 대답해주었다.

"저는 이번에 하려고 했는데 못 하고 애는 나이
가 안 됐고."

"대학교 1학년이면 투표 안 하지 않아? 만 20
세부터이지 않아?"

"언니, 나는 재수했어요."

한 시쯤 되자 조장은 아침에 받아두었던 도시
락을 꺼냈다. 우리는 투표소에서 눈을 뗄 수 없으
니까 길거리에 앉아서 먹었다. 매기는 사람들에게
말 걸 때 냄새가 날 거라며 먹지 않겠다고 했는데,
조장이 어떤 일이든 굶으면서까지 할 필요는 없
다며 먹어야 한다고 했다. 우리에게는 후라보노가
있잖니. 그늘에 도시락을 두었는데도 감자와 애호
박무침은 그새 쉬어 있었다. 그나마 젓가락이 가
는 건 소시지부침과 멸치볶음밖에 없었다. 6월의

햇살은 봄의 뒷자락이 남아서인지 목덜미에 눌어붙는 것처럼 은근했다. 햇살은 강했지만 여름과는 달랐다. 그것은 따뜻함과 따가움 사이에 놓인 것 같았다.

조장은 리서치 회사의 정직원인지 우리처럼 아르바이트를 하는 사람인지 알 수 없었다. 이후에도 우리는 그때 그 조장에 대해 얘기하곤 했는데, 주로 거론되는 건 조장의 손목에 있던 문신이었다. 조장은 오른쪽 손목 중간에 한 5센티미터쯤 되는 'X' 자 문신을 하고 있었다.

"야, 그런데 너 얼굴이 성유리 닮았다, 핑클 성유리 같애."

도시락을 다 먹고 생수로 입을 헹구는데 조장이 매기에게 말했다. 그리고 내게 정말이지 않아, 성유리 닮지 않았어? 하고 물었고 나는 그런지는 잘 모르겠지만 예쁘다고는 생각하고 있었는데도 뭔가 마음에 걸려 그렇다고 대답하지 못했다. 거기에 수긍하면 뒤이어서는 너 얘한테 관심 있지, 하는 질문을 받을 것 같았다.

"그런데 언니 그 문신 뭐예요?"

"이거?"

조장이 손목을 보여주었다. 문신은 마치 닳듯이—햇빛이나 물기 같은 것이겠지만— 무언가에 닳아 있어서 꽤 오래된 것처럼 보였다.

"안 돼, 라고 말해주는 거야."

"누구한테요?"

우리는 이후에도 여러 번, 그때 조장이 했던 대답에 대해 얘기했는데, 매기와 나의 기억이 서로 달랐다. 나는 그 엑스 자 문신이 상대에게 안 돼, 라고 보여주기 위한 것이라고 기억했지만, 매기는 자기 자신에게 안 돼, 라고 하기 위한 것이라고 기억했다. 내가 그런 건 좀 이상하지 않느냐고, 그냥 혼자 안 돼, 라고 생각하면 될 것을 그렇게 문신까지 하겠느냐고 주장했지만 매기는 아니야, 당연해, 라고 했다. 그렇게 눈으로 자신에게 보여주면서 되뇌어야 할 일도 있으니까.

조장은 그렇게 얘기를 하다가도 우리가 너무 앉아서 쉬고 있는 것 같으면 자, 일어나, 하면서 다시 대열을 정비했다. 물건을 사달라는 것도 아니고 그저 설문에 응해달라고 하는 것뿐인데 꽤 거들먹거리는 사람들도 있었다. 대부분 남자들이었고 매기를 아가씨, 하고 불렀으며 이거 해주면 차 한잔해주나, 하는 말들을 던지며 당신은 어떤 정당에 투표하셨습니까, 당신은 어떤 후보에 투표하셨습니까, 하는 질문에 표시했다. 볼펜을 가져가버리는 사람도 있었다. 나는 매기가 모퉁이를 돌아 시야에서 사라지면 불안해졌다. 그래서 몇 번 자리를 이탈해 볼펜을 대신 받으러 갔다가 조장의 걱정을 들었다.

"야, 이거 정확해야 돼. 여기 출구조사가 척 맞아야 다음에 우리가 또 알바하지. 그러자면 표본이 아주 중요하다."

그래도 매기가 시야에서 사라져 지금 막 투표권을 행사한 민주 시민이라는 사실 이외에 아는 것 하나 없는 익명의 누군가를 쫓아간다는 건 영 신경 쓰였다.

한적해지면 머릿속에는 잡념이 많아졌다. 나는 주로 다음 학기는 어떻게 버틸 것인가를 생각했다. 1학기 학점은 나쁘게 나온 편은 아니었는데 다른 애들 성적은 어떨까, 기숙사에 남을 수 있을까 같은. 매기는 뭘 하는지, 자꾸 펼쳐봐서 귀퉁이가 낡아버린 A4 종이를 들여다보며 뭔가를 중얼중얼 외웠다. 조장의 동선이 가장 컸는데, 중간에 누구랑 통화하고 와서 울기도 했다. 운동장 모래밭에 경계로 세워놓은 타이어에 걸터앉아 울더니 눈이 벌게져서 돌아왔다. 우리가 조장 눈치를 보며 설문지를 건네면 잠긴 목소리로 회사에 전화해 "한나라 셋, 민주 하나, 무소속 하나" 하면서 데이터를 전송했다.

투표 종료 시간이 가까워지자 우리는 바빠졌다. 개미처럼 많은 사람들이 교문을 통과했고 그만큼 설문을 받아야 하는 사람들도 많아졌다. 조장도 연신 휴대전화로 비밀투표의 원칙 따위는 통하지 않는 아주 커다랗고 정확한 소리로 설문지에 표기된 데이터들을 읽었고 그렇게 해가 저물어 운동장에 걸렸을 때 마침내 우리의 아르바이트는 종료되었다. 조장은 그때까지 속내도 이야기하고 점심과 간식도 챙겨주며 살뜰하게 굴더니 끝나자마자 회사로 돌아가야 한다며 자기의 조그마한 경차에 올라타고 퇴근했다. 매기와 내 손에는 10만 원이 담긴 봉투가 남았다.

우리는 부천 오정구의 그 초등학교에서 전철역까지 마을버스를 타고 이동했다. 가면서 창밖을 보니 깨끗한 근린공원에는 투표와는 아무 상관없는 아이들이 야구를 하고 있었다. 신호로 마을버스가 정차했을 때 나는 왜 그랬는지 아이들의 야구를 한동안 바라보았다. 제대로 된 포수가 없어서 공은 한 애가 던질 때마다 자꾸 아이들 너머로 쪼르르 굴러갔다. 그러면 타자든 투수든 미끄럼틀 아래의 1루 주자든, 심지어 대기 선수까지 공을 주우러 갔고 그렇게 대형이 무너진 아이들의 야구 게임은 야구가 아니라 그냥 하는 공놀이에 가깝게 느껴졌다. 몇 명은 유니폼을 입고 제법 괜찮아 보이는 배트까지 들었는데 그렇게 뭔가를 갖추는 성의도 야구공을 잃어버릴지 모른다는 걱정에는 비할 수 없는 모양이었다.

옆자리에 앉은 매기는 저녁 햇살이 마을버스 안까지 들어와서 그런지 자꾸 인상을 썼다. 그 반

듯한 이마와 보드라운 살결, 입술 그리고 도톰한 귓불은 스무 살의 나를 돌연 긴장하게 했다. 그런 긴장은 분명히 두려움의 톤을 지닌 것이었다. 연애는 스무 살의 내 목록에는 두 줄로 선명하게 지워져 있던 항목이기 때문이었다. 더군다나 매기 같은 여자애라면 더욱 가능하지 않을 것 같았다.

그 무렵 매기는 연기와 학과 공부 이외에 다른 것에는 아주 관심이 없는 듯 느껴졌다. 몇몇 남자애들이 매기를 좋아해서 고백했지만 한결같이 들었던 거절의 말은 아— 피곤한데— 였다고 했다. 나는 너를 이래저래 생각한다, 이 정도의 관계라면 괜찮겠다, 하는 설명 없이 아…… 피곤한데……. 그 피곤하다는 말은 다소 모욕적으로 들릴 만도 한데 고백한 남자애들에 따르면 그렇지는 않았다고 했다. 곧이어 매기가 우리 집은 말이야, 너가 상상도 못 할 만큼 불우해, 라고 그 피곤함의 이유를 댔으니까. 상대방의 애정 고백이 이어지지 않도록, 그러니까 구애의 과정이 진행되지 않도록 얼마나 골치 아픈 유년을 보냈고 가족들 하나하나의 사정이 깨알같이 비극적이며 자기

또한 그런 불행의 굴레에서 얼마나 쳇바퀴처럼 돌고 있는지 설명했다.

그런 매기의 가족사는 구애자의 소문을 총체적으로 모으면 비극적인 현대사의 총목이라고 할 수 있을 것 같았다. 그 각자의 불운에는 한국전쟁, 베트남전, 걸프전, 성수대교 붕괴 사고, 비교적 최근의 IMF 사태까지 다양한 사회적 배경이 있었지만 불우해졌다는 결론만은 동일했다. 그런 긴 이야기에서 구애자들이 가장 겁을 먹는 대목은 우리 집, 빚만 해도 13억 6572만 원이야, 하는 정확한 계산이었다. 우리 부모가 매일 밤 계산해서 알려준다고, 우리는 그 빚을 갚지 못하면 불행을 향한 가속페달을 다 함께 밟게 될 거야. 너 부채도 상속되는 것 알고 있지? 나는 동기들이 기숙사에서 그런 경험담을 나눌 때마다 거짓이라고 하면 좀 크고 짓궂은 장난 정도가 아니었을까 생각했다. 집안의 불운이란 어떻게든 감춰두고 싶은 것이지 그렇게 허심탄회해질 수가 없는 것이니까, 더구나 그 나이 때에는. 하지만 결과적으로 그 말이 사실에 가깝기는 했다.

부천역에 도착한 우리는 오늘 받은 10만 원을 어디에 쓸 것인가에 대해 대화했다. 매기는 뮤지컬을 보러 가고 싶다고 했다. 김민기의 「지하철 1호선」이라는, 그쪽을 잘 모르는 내게도 친숙한 작품이었다. 매기가 나중에 너도 같이 볼래? 하고 물었고 나도 엉겁결에 고개를 끄덕였다. 매기는 너무 배가 고프니까 전철을 타기 전에 뭔가를 먹자고 했다. 그리고 주변을 둘러보다가 고른 것이 중국집이었다. 식당에 들어가서 나는 매기의 식욕에 놀랐다. 앉자마자 자장면 곱빼기와 탕수육, 그리고 군만두를 시켰기 때문이었다. 웬만한 남자애들을 능가하는 식사량이었는데 매기는 음식이 나오자 이모, 여기 김치 없어요? 하고 또 부탁했다. 자장면에 김치란, 있으면 좋겠지만 필수는 아니었는데 그렇게 해서 김치 한 접시가 나오자 매기는 아삭아삭 씹으면서 자취하니까 제일 궁한 게 김치 아니냐, 하고 물었다.

　　"떨어져도 정말 이런 것에는 돈을 안 쓰게 돼. 차라리 스팸이나 비엔나를 사지. 김치는, 원래 집에 늘 있던 거라서 돈을 못 써, 아까우니까."

그리고 매기는 자기가 단역으로 출연하게 된 단편영화에 대해서 이야기하면서 결론적으로 마음에 들지 않는다고 했다. 여학생들이 자꾸 죽어 나가는 대학 기숙사 얘기라는 것이었다.

"왜 죽는데?"

안 그래도 기숙사 생활을 하는 나는 좀 <u>으스스</u> 했다.

"이유가 없어 뵈는 게 문제지. 왜 그런지 대부분 남자 복학생들이 감독을 맡는데 뭐가 그렇게 부대끼는지 여자를 못 죽여서 난리거든. 그게 내용은 다 건전한데 정말 다들 공중도덕 잘 지키고 청소도 열심히 하고 집에서 식물 기르고 일요일에는 공원도 가고 개가 한 마리 나오는데 원반도 잘 물고 오고 그런 인물들이 나오다가도 꼭 누군가는 죽고 대개는 여자야."

"안 되겠네."

"또 반복되는 게 뭔지 알아? 그렇게 자위들을 해."

그 순간 나는 탕수육을 씹다가 꿀꺽 삼켜버렸다. 급하게 물을 찾았는데 컵이 비었고 매기가 어머, 하면서 옆 테이블로 손을 뻗어 물병을 가져와 콸콸 부어주었다.

"괜찮니? 시원하게 내려갔니?"

"어, 괜찮아, 괜찮아."

"너 좀 불편하니?"

"괜찮아, 영화 얘기 마저 해, 흥미롭네."

"아, 그러니까 자위가 뭐라고 자위 좀 한 게 어때서 그렇게 영화에서도 별별 미장센을 다 만들어서 자위를 하니까 촬영하다 보면 내가 이걸 왜 하고 있나 싶고. 결국 15초 나왔다가 시체로 실려 나갈 걸 대기를 왜 하나 싶어."

"그러게 그게 다들 좀 애티튜드에 문제가 있네."

그날 기숙사로 돌아간 나는 체력 단련실로 가서 평소에 잘 하지도 않는 웨이트트레이닝을 하면서 밤을 보냈다. 역기도 들어보았다. 체육교육과를 다니는 룸메이트가 이 정도는 몸풀기용으로 든다며 가지고 놀곤 했던 30킬로그램짜리 바벨을, 생명의 위협을 느껴가며 힘겹게 들었다 놓았다. 탁구도 쳤다. 받아줄 사람이 없어도 벽에다

대고 치면서 그게 어디로 튈지 몰라서 아까 낮의 아이들처럼 라켓을 휘두르는 시간보다는 그 작아서 잘 보이지도 않는 공을 주우러 다니는 시간이 더 많을 정도였는데도, 무의미한 랠리를 계속했다. 그렇게 덧없고 무모하다 싶을 정도의 체력 단련을 한 뒤에 나는 깨달았는데, 같은 과이기는 하지만 변변한 대화 한번 나눠보지 않은 나에게 매기가 그런 얘기를 한 건 아마 매기가 내가 사랑 고백을 할까봐 경계했기 때문이었으리라는 것이었다.

그런 결론은 운동을 하는 동안 매기에게 그간 구애한 애들의 얼굴을 퐁퐁 떠올려본 결과였다. 대략 14억 원의 가계 부채에 대해 전한 놈들은 사랑을 원했지만 동시에 금전상의 이해득실도 중시하는 녀석들이었다. 한 애는 아반떼 정도를 모는 자신에게 어울리는 여자는 주유소에서 만땅의 휘발유를 채워줄 수 있는 여자라고 말하고 다녔고, 어떤 애는 참으로 잘생겼는데 그런 자신의 외모에 걸맞은 여자는 그만큼 예쁜 애가 아니라 그런 자신의 '옷걸이'를 이렇게 저렇게 꾸며보려는 의

욕이 있는 여자애들이라고 했다. 공부를 잘하는 애들에게는 미래가 너무나 중요했기 때문에 여자애가 그런 미래에 대해 얼마나 대비하고 있는가가 중요했다. 필요한 건 생활력이었다. 결론적으로 매기는 그들의 가장 큰 공포이자 아킬레스건인 '가난'을 통해 구애의 거절을 비교적 용이하게 했던 것이었다. 그러니까 내게 그런 섹슈얼한 얘기를 늘어놓은 것은 다름 아닌 나의 고열량의 순정성, 나의 핸디캡이자 홀리한 영혼의 시금석인 부분을 건드려 너 이렇게 오늘 함께했다고 절대 들이대지 마라, 나 이런 애야, 했던 것이 아닌가.

나는 매기와 헤어지고 기숙사로 돌아와 어떤 충동에 시달렸던 것만큼이나 마음이 차갑게 식었다. 엠티에 가서 식전 기도를 하고 동아리 한마당 때 복음성가를 부르며 단체 율동을 했던 내게서 그런 종교적 면모를 발견하기란 어려운 일이 아니었을 것이다. 직접 대화하지는 않아도 대강 쟤는 저런 애구나, 했을 것이었다. 거기까지 생각한 나는 괜한 열등감에 시달리며 얼굴이 붉게 달아올랐다. 기분이 나빴다. 정말 구애를 거절당한 것처럼. 아니다, 아니야, 나는 그 뒤 매기를 은근히 피하면서 절대 그런 오해를 사지 않으리라 다짐했다. 오이밭에서 신발끈을 고쳐 매지 않고 눈길도 주지 않으리라. 그런데 며칠 뒤 매기가 먼저 뮤지컬을 보러 가자고 연락을 해왔다.

"알바비 그새 다 쓴 거 아니지? 대학로로 나와."

뮤지컬을 보면서 매기는 나와 아주 가까이에 있었다. 거기에 매기가 앉아서 숨을 쉬고 웃고 울고 대사들을 유심히 듣고 있었다. 그렇게 생생한 매기를 느끼며 무대에서 음악이 연주될 때마다 내 마음도 아주 긴 하울링으로 울렸는데 그때 불쑥불쑥 여태의 다른 동기 애들이 고백의 서두로 뱉었을 너, 나 어떻게 생각하니, 하는 말들이 혀끝까지 말려 올라왔다. 이윽고 뮤지컬이 끝나고 거리로 나와 우리는 책을 살 생각으로 종로로 갔다. 그리고 월드컵 응원을 나온 사람들에 이리저리 치여서 목적하지도 않은 곳으로 발걸음을 옮겼고 군중 속에서 밀착되다가, 그렇게 밀착되다가 더 공간을 두지 못했을 때에는 매기가 무슨 의

도인지 알듯 말듯 내 손을 잡았다. 나는 그 손을 끌어 올려 두 손으로 소중히 맞잡은 다음 입술을 가져다 댔고 매기는 장난인지 아니면 약간의 거리 두기가 필요하다고 생각했는지 몰라도 내 손목 위에다 엑스 자를 그리며 안 돼, 오늘은 여기까지, 라고 했다. 물론 내가 정말 거기까지만 원하는 사람이라는 사실을 알기 전의 일이었다.

4

　다시 재회한 우리는 이전과 같은 패턴으로 돌아가지 않으려고 노력했다. 그러니까 주기적으로 찾아드는 환멸과 냉소, 갈등과 분열 같은 것에. 고작 그런 경험을 하기 위해서 우리가 이 모든 상황을 감당하고 있다는 건 난센스니까 우리는 행복해야 했다. 안전해야 했다. 서로가 서로에게서. 나는 매기가 룰을 하나씩 추가할 때마다 조용히 수긍했다. 매기는 나에게 문자메시지를 보내지 않았으면 좋겠다고, 이제 한글을 읽게 된 아이가 우연히 휴대전화를 집어서 읽었다고 했다. 그 문자메시지에는 몇 시에 도착하십니까? 미팅은 어떻게 할까요? 같은 사무적인 말들뿐이었고 내 이름 역시 매기의 휴대전화에서는 와우기획이라는 엔터테인먼트 회사로 등록되어 있었는데, 매기는 싫다고, 아이가 그런 걸 읽는 게 싫어, 라고 했다. 싫을 수 있다고 생각했다. 내가 엄마라도 견딜 수 없으리라고, 아이 얼굴을 두 손으로 가리고 싶을 거라고.

그래서 우리는 둘만 주고받을 수 있는 메신저를 다운받았다. 한창 불법 사찰이 문제되었을 때 SNS에서 유행했던, 우연이겠지만 냉전시대의 한 축이었던 러시아 출신의 프로그래머가 만든 텔레그램이었다. 메시지를 서버에 저장하지 않고, 주고받는 데이터는 모두 암호화해 전달한다고 했다. 그렇게 해서 우리는 그 극한의 비밀을 보장하는 메신저를 통해 오늘 비가 오는데 우산은 가지고 촬영 갔니? 서울로 오는 막차가 있어? 식사는 하고 오는 거야? 라면은 너구리 아니면 안성탕면? 같은 대화를 주고받았는데, 다른 사람들이라면 언제고 편하게 나눌 수 있는 그런 일상들이 누군가들에게는 군사기밀만큼이나 한없이 위험하고 폐쇄적으로 다루어져야 한다는 데 자주 헛웃음이 났다. 하지만 웃는다고 해결되는 것은 없었고 룰은 룰이었다. 그 메신저만으로 이제 편하게 연락을 주고받자고 했으면서도 대화는 점점 드물어졌다. 매기는 메시지를 항상 뒤늦게 확인했고 이유를 물으면 그냥 익숙하지가 않아서, 라고 했다. 불편하네, 하고.

그래서 나는 매기의 스케줄을 전보다 더 모르게 되었지만 촬영 온 매기가 언제든 찾아올 수 있으므로 부엌등을 켜놓고 잠이 들곤 했다. 어느 날은 온다고 하고 오지 않았고 어느 날은 오지 않는다고 하더니 찾아왔다. 그리고 부엌 개수대의 그릇들을 한참 들여다보더니 혼자 사는 살림인데 없는 게 없네, 라고 한마디 했다. 그러면 나는 자취하며 하나씩 사들였던, 절대 깨어지지 않는 아름다움이라고 광고하는 그 미국산 그릇, 이제는 오래되어 꽃무늬가 좀 지워져 있는 그 그릇들을 함께 물끄러미 보다가 없는 게 없긴, 없는 게 많지, 하고는 내일 함께 그릇을 사러 갈까? 하고 물었다. 매기는 아니라고 대답했다. 우리는 그런 것을 사러 다니는 사이가 아니잖아.

그런 날에는 주로 피로만 있을 뿐 섹스에 대한 열의는 없었는데도 우리는 이리저리 뒤척이다 결국은 하게 되었다. 하지 않을 수 있는데도 왜 하게 되는 걸까, 싶을 정도로 의미는 탈각되고 주고받아야 하는 반응만 남은 일종의 패턴 같은 관계였다. 매기는 여느 때처럼 오럴로 시작했고 나는 매기의 몸에 손가락을 넣어 오랫동안 만졌다. 절정으로 갈 때면 매기는 나에게 사랑하느냐고 물었고 나는 매기에게 이름을 불러달라고 했다. 그 두 가지 상황은 늘 반복되지만 사실 서로가 좋아하지 않는 서로의 취향이었다. 매기는 절정의 순간에 마치 적절한 환호가 필요한 사람처럼 자기 이름을 연신 불러달라고 하는 건 너무나 자기애적인 행동이라고 지적한 적이 있었다.

"대체 어떤 느낌인 거니? 무슨 돔구장의 야구 선수라도 된 듯한 거야? 그러니까 나는 뭐 그런 환호의 제공자이고 너는 뭐 지금 배트 들고 등판한 거야?"

배트…… 야구 방망이, 겉면이 고른 둥근 나

무로 만들어져 굵기는 가장 굵은 부분의 지름이 2.75인치(7센티미터) 이하, 길이는 42인치(106.7센티미터) 이하여야 하는 하나의 목재로 만들어지는 그것. 매기가 그렇게 말하자 나는 주체할 수 없이 부끄러워졌는데 그러면서도 섹스의 과정을 그런 식으로 기억해두었다가 비난하는 일은 비겁하지 않은가 싶었다. 상대와 함께이긴 해도 어떻게 보면 철저히 혼자인, 그 전제가 있기에 자유롭고 어느 면에서는 무방비인 시간이니까 해석하거나 평가하면 매너에 어긋나지 않는가. 나는 온몸이 수치심으로 오그라들어, 맥반석 오징어나 대왕문어 다리 같은 것이 된 기분이었다.

"나도 사랑한다는 말 안 좋아해. 그렇게 따지면 나도 뭐 사랑해의 제공자니, 그런 거 아니야?"

하지만 우리는 그렇게 다퉜으면서도 절정에 달할 때는 그런 말을 선선히 해주었다. 매기는 재훈아, 재훈아, 하면서 귓가에 속삭여주었고 매기가 사랑하니? 라고 물으면 이번에는 내가 사랑해, 사랑해, 라고 해주었다. 그렇게 사랑과 호명이 난무하는 섹스가 끝나고 나면 매기는 먼저 내 몸에서 빠져나가 욕실로 가서 씻었다. 그럴 때 매기는 정말 오래오래 씻었다. 그런 매기가 나오기를, 콘돔을 빼서 쓰레기통에 넣고 축축하고 차가워진 페니스를 팬티 속에 집어넣고 기다리고 있으면 어쩐지 내 자신이 아주 늙어서 죽었거나 죽어가는 듯했다. 나는 아직 그런 나이가 되지 않아서 그것이 무엇일지는 짐작만 할 뿐이었지만 지금의 기분과 같으리라 상상했다. 자꾸 빈 곳이 만져지는 기분 같은 것이었다. 육체나 기억은 물론이고 시간이라는 것에 있어서도, 어제도 오늘도 불분명한, 그 경계가 제대로 감각되지 않는, 어딘가 핀트가 어긋나서 지금이 어제인 것 같기도 하고 오늘인 것 같기도 한데 어차피 일상은 과거가 반복되는 것이니까 심지어 내일이 될 수도 있는.

어렸을 때 함께 살았던 조부는 언제나 아침에 일어나 재훈아, 하고 시퉁한 목소리로 나를 불러 그날의 신문을 가져오게 했다. 나중에는 눈이 너무 어두워 글자를 오래 읽을 수 없고, 내 이름을 부르는 것도 힘이 들어 말끝에 재훈아히, 하고 바람 소리를 내면서도 그렇게 했다. 나는 읽지도 못

하는 신문 심부름을 왜 시키나, 왜, 하고 꺼려지
곤 했는데 그 방에 들어가고 싶지 않았기 때문이
었다. 그건 단순히 노인의 방에서 나는 냄새나 그
런 것 때문이 아니라 어떤 공포 탓이었다. 내가
현관에 떨어져 있는 신문을 가져가면 조부는 그
것을 펼쳐 헤드에서 전하고 있는 그 모든 사건들
은 뒤로한 채 오직 오른쪽 상단에 눈을 바짝 가져
다 대면서 그날의 날짜를 셈했다.

"오늘이 3월 하고도 초닷샛날이구나. 오늘이
곡우야, 곡우."

그 당시 우리 집에서 신문을 읽는 이는 그때도
역시 공부를 하고 있었던, 아주 평생의 과업이 공
부인 삼촌뿐이었는데 그 삼촌이 신문을 들고 가
버린 날에는 신문이 없어서 가져다줄 수 없는데
도 조부는 어김없이 재훈아, 하고 불렀다. 신문
이 없는 이유를 설명해도 자꾸 까먹고 다시 불러
댔으므로 어느 날은 꾀를 내서 어제의 신문을 갖
다주었다. 어차피 기사는 읽지 않으니까. 그런 날
에도 조부는 여름에도 노상 깔아놓는 솜요 위에
서 몸을 모로 하고 누워 있다가 그것을 받아 들고

어제나 그제의 신문인지 알아채지 못한 채, 어제의 날짜를 오늘처럼 셈하고 안심하며 일과를 보냈다. 그런 조부는 어린 나에게 망각과 몽매, 어떤 지체를 연상시키는 존재였지만 어쩌면 나 역시 그런 조부처럼 늙어버리고 말았는지 모른다고 생각했다. 어쩌면 하루하루를 그렇게 셈하는 일이란 불필요한지도 모른다고, 그냥 사느니 일상이고 보내는 것이 인생이니까 오늘을 특정할 필요가 없다고. 매기가 있는 나의 내일이 어떨지 예측할 수 없고 매기를 넣지 않고는 오늘을 견뎌낼 수 없는 지금은 특히 그랬다. 셈할 수 없는 빈 시간을 늘려나가며 보내는 계절들이었다.

그렇게 매기가 나오기를 기다리면서, 작은 창으로 들어오는 서늘한 바람과, 폐점한 뒤에도 어딘가에 배어 있다가 밤공기를 타고 이 방으로 들어서는 닭기름 냄새를 느끼고 있자면 매기가 정말 어디론가 사라진 것 같았다. 하지만 그런 건 아니었다. 욕실에서 샤워 소리가 들리니까. 그 불규칙한 물소리를 듣고 있으면 그때 그 순댓국집에서 아줌마가 노래한 없어지고와 사라지고의 차이를 알 수 있을 것도 같았는데 사라진다는 것은 부재하는 대상의 강력한 능동이 감지되는 것이었다. 그렇게 생각하면 매기는 지금 내 곁에서 사라지려고 하는 것 같았다. 저 욕실의 자락자락한 물소리가 여전히 매기를, 좀 전에 끝난 우리의 섹스를, 사랑해, 라는 말과 시간을 간신히 환기하고 있는데도.

*

매기는 촬영이 있는 날에는 내 방 책상에서 '책'을 읽었다. 방송계에서는 대본을 그렇게 부른다고 했다. 매기가 출연하는 드라마에는 늘 과장되고 극적인 사건이 가득해서 거기에는 혁명, 죽음, 폭력, 전쟁, 환생, 기적 같은 일들이 일상처럼 반복되었다. 매기가 맡은 역할들만 해도 왕비에서 몸종, 기생, 중세의 마녀, 순교자, 스포츠 영웅, 과학자, 군인, 기업인, 작가, 시인, 댄서, 영화배우 등 다양했다. 매기가 연습하는 대사들만 듣고 있으면 매기는 사람이 할 수 있는 모든 스펙터클한 인생행로를 돌고 있는 것 같았다.

하지만 재연 드라마에서는 그런 행로에서 일어나는 인간의 섬세한 감정을 다루는 것이 아니라 그 행로의 플롯에만 관심이 있으니까 매기의 연기는 늘 덜 세련되고 얕으며 공들이지 않은 간이의 느낌, 그러니까 비유하자면 편의점의 타코와 사비라든가 영덕대게딱지장 같은 고급한 요리를 흉내 낸 간이식의 느낌을 주었다. 속전속결로 달려 나가는 그 내러티브 속에서 진행에 필요한 정보로만 들어찬 '기계 신적' 대사들을 읊어대야 하니까 매기의 연기에서 감정 전달을 기대하기란 기본적으로는 어려웠다. 촬영된 신들만 보아도 들입다 울기 시작하거나 화를 내거나 앞뒤도 없이 악하거나 또는 선하거나 하는 납작한 정념으로 가득 찬, 그래서 지루한 장면들이었는데, 이상하게도 내 방에서 책을 읽으며 연습할 때면 나는 느꼈다, 매기의 겹겹의 감정들을.

당신,

고양이가 있다고 생각해봐.

상자 안에 고양이가 있다고 치자, 이거야.

매기는 내 앞에서 옷을 제대로 챙겨 입는 편이
아니었고 섹스가 끝난 뒤에도 늘 민소매 티셔츠
나 얇은 캐미솔 따위만 입은 채로 시간을 보냈다.
그런 매기가 책상에 앉아 내 전자담배를 마치 펜
처럼 쥔 채 피우지는 않고 소리 내어 책을 읽기
시작하면 내 마음속에서는 무언가가 일렁이기 시
작했다. 매기는 자기 대사뿐 아니라 상대의 것도
함께 읽었는데 희한하게도 그것들은 대부분 남자
들의 것이었다. 그들은 여자들에게 무언가를 해
명하거나 설명했고 그럴 때 대체로는 비유했다.
비유를 통해 증발되는 사실의 어느 부분이 자신
에게 유리하게 작용할 것을 영민하게 아는 것처
럼.

대본에는 스토리를 일목요연하게 정리하는 내
레이션도 있었다. 아인슈타인과 슈뢰딩거가 주고
받은 편지라든가, 슈뢰딩거가 그 유명한 방정식
을 만들기 위해 익명의 연인과 스위스로 밀월여

행을 떠났다거나 하는 설명 신들이었다. 그러면 매기는 핵심 단어들만 드문드문 읽고 나머지는 허밍을 하듯 음음, 음음음, 음, 하며 넘기다가 마침내 자기가 맡은 슈뢰딩거의 익명의 연인의 대사가 나오면 흠, 하고 목소리를 가다듬고 읽었다.

그랬군요, 당신, 그런 생각을 하고 있었군요.
그래, 당신은 고양이가 죽었다고 생각하나, 살았다고 생각하나.

그렇게 매기 목소리가 들리면 나는 깊은 슬픔에 잠겼다. 실제 드라마로 만들어진 내용을 보면 슈뢰딩거의 양자역학 이론이 무엇이든 상관없이 〈노벨상〉까지 수상한 슈뢰딩거가 여성 편력이 있었다는 내용일 뿐인데 매기가 슈뢰딩거나 그 상대자의 대사를 읽을 때 나는 너무 커서 측정할 수 없을 듯한 슬픔을 느꼈다. 어쩌면 나는 정작 실제 신에는 등장하지도 않는, 슈뢰딩거도 그저 비유했을 뿐 실제로는 독극물이 주입된 상자 안에 들어갔는지 안 들어갔는지도 모를, 그래서 생사 여

부는 따질 필요도 없는 그 고양이에게까지 슬픔
을 느꼈는지도 모른다.

그래, 당신은 고양이가 살아 있다고 생각하나,
죽었다고 생각하나.
상관없어요.

이윽고 매기는 마지막 대사를 쳤고, 그러면 나
는 갑자기 꿈에서 깨어난 듯 그래, 상관없구나,
상관이 없구나 싶으면서 뭔가 서늘한 상실감을
느꼈다.

5

10월이 되면서 매기는 육지로 나오더라도 서
울이 아니라 고향으로 자주 갔다. 유방암을 앓고
있던 어머니의 병세가 깊어졌기 때문이었다. 단
역으로 간간이 나가던 연극이나 영화는 다 접고
그나마 자기 비중이 높은 종편 드라마에만 전념
했는데, 그마저도 시국이 뒤숭숭한 때여서 결방
되기 일쑤였다. 퇴근을 하고 광화문으로 나가는
동료들이 늘었고 그들은 내게도 한 번 권했지만
약속을 핑계로 거절했다. 나는 이 가을에 조용하
고 어떤 면에서는 경건해지고 싶었는데 그런 마
음은 그렇게 광장에 나가 누군가들과 공유할 수

있는 것이 아니었다. 한없이 사소하고 한없이 개인적인, 아주 축소된 채로 있어야 유지가 가능한 상태였다. 어떤 것도 매기가 없는 내 삶을 채워주지 못할 것 같았다. 그런 이상한 고독과 단절감이 이어지는 가운데 내가 하는 것은 매기가 출연한 종편의 드라마를 보거나 매기를 연상시켜줄 만한 것을 인터넷에서 검색해보는 것뿐이었다. 그러다 매기와 내가 가까워진 봄에 있었던 어떤 일의 아귀를 맞춰볼 수 있었다. 매기의 친구와 셋이서 만나려고 한 날의 일이었다.

그 친구는 매기와 한때 같이 연극계에 있었고 두 번의 이혼을 겪고 영화 잡지에서 편집자로 일하다가 지금은 별로 눈에 띄지 않는 웹진에 '노 모어 메리, 노 모어 호러'라는 코너를 연재하고 있다고 했다. 매기는 그때 여러 이유에서 친구에게 날 소개할 결심을 했는데, 친구가 이미 자기가 누군가를 만난다는 것을 눈치챘기 때문이기도 했다. 이따금 서울에 오면 다 같이 아는 연극판 친구들과 어울려 술을 마시고 그 친구 집에서 자곤 했는데 이제 그러지 않으니까.

매기가 친구를 부른 곳은 여의도에서 아주 유명한 복국집이었다. 한 명이 더 낀다고 생각하자 매기는 꽤 떳떳해져서 어느 핫플레이스라도 갈 수 있을 것 같다고 했다. 하지만 그날 인쇄 사고가 나는 바람에 나는 파주에 오랫동안 붙들려 있어야 했고, 다 늦어서 복국집으로 갔을 때는 이미 매기의 친한 친구는 밥을 먹고 가버린 상태였다. 매기는 정종 한 병을 시켜놓고 혼자 남아 복껍질 무침에 술을 마시고 있었는데, 내가 우리 관계를 비로소 누군가에게 보여주는 중요한 자리에 늦었고 친구마저 가버렸는데도 전혀 화를 내지 않았다. 오는 중에 전화를 걸어 미안하다고, 곧 가겠다고 초조하게 기별했을 때도 괜찮아, 무리하지는 마, 라고 했던 터라 깊이 생각하지 않고 지나갔다. 매기는 정종을 계속 마시면서 배고플 텐데 밥을 시키라고 했다. 내가 10000원짜리 복국을 주문하려고 하자 자꾸 18000원짜리 밀복국을 먹으라고 했다.

　"이왕이면 좋은 걸 먹어, 좋은 복국을 먹어, 재훈아."

하지만 나는 매기를 만나면서도 돈 문제에는 민감했고 기분이다 싶어서 돈을 함부로 쓰거나 하지 않고 원칙을 지켰으므로 매기의 말을 듣지 않았다. 그러자 매기는 나와 식당에 앉아 있는 내 내 마치 술주정을 하듯이 왜 밀복국을 먹지 않았느냐고 탓을 했다. 소주 두 병을 마셔도 그냥 좀 기분 좋게 박수나 칠 뿐 주정이 없는 애였는데, 대화가 좀 흐르다 보면 어느새 왜 밀복을 안 먹었어, 왜, 안 먹었어, 하는 결론으로 이어지고 있었다. 나는 당황스럽고 떨떠름했지만 다른 얘기도 아니고 그냥 그 좋은 밀복국을 안 먹느냐는 것이니까 좋게 넘어가려고 노력했다.

그런데 나중에 계산을 하려고 보니 정작 매기와 그 얼굴은 보지 못한 매기의 절친은 복국은커녕 둘 다 회덮밥을 먹은 것이어서 황당했다. 누가 이런 유명한 복국집에서 회덮밥 따위를 먹는단 말인가. 그래놓고 나더러는 밀복국을 왜 안 먹느냐고, 그 차이를 왜 모르냐고 탓을 했단 말인가.

내가 없을 때 그 복국집 테이블에서 일어났을

일을 끼워 맞춘 건 우연히도 매기의 그 친구가 쓴 「이터널 선샤인」에 관한 영화 칼럼을 읽으면서였다. 칼럼은 "나는 복국을 절대 먹지 않는다"로 시작하고 있었다. "난 우리 아빠가 자기 애인이랍시고 여자 하나를 데리고 와서 복국집에서 만난 뒤로는 절대 복국을 먹지 않는다. 20년도 더 된 일이다. 영화에서 말하듯 기억은 삭제되어도 마음에는 남는데 입속으로 재현하고 싶지는 않다." 그날 매기는 친구에게 그런 말을 직접 들었을지도 몰랐다. 그리고 친구는 회덮밥을 선택했고 매기도 복국을 먹지 않았다.

나는 그날 밤 매기의 얼굴이 어땠는지를 떠올리기 위해 애썼다. 하지만 아무리 애를 써서 그밤의 매기 얼굴을 다른 날들의 매기에게서 분별해내려고 해도 되질 않았다. 그렇다면 애석하게도 그런 밤 역시 다른 밤들과 다르지 않았을 것이었다. 여기로 와서 하고 씻고 몇 마디 하다가 잠이 들었을 것이다. 그러자 그런 밤이란 매기에게 아주 나빴으리라는 죄책감이 들었다. 아무도 매기를 이해하지 못했으니까, 아무도 밀복국을 먹어주지도 않았고.

날이 추워져 이제 한낮이나 되어야 느긋한 산
책이 가능한 10월의 마지막 주에, 매기가 찾아왔
다. 매기는 나를 레이디치킨의 2층도 아니고 한
강도 아닌, 있는지도 몰랐던 상수동의 작은 공원
으로 불러냈다. 이따금 운동을 하려는 주민들이
지나고 멧새나 시끄럽게 울 뿐인 곳이었다. 주변
에는 아파트 건물들이, 그 평안하고 안정한 패턴
의 집들이 공원을 둥글게 둘러싸고 있었다. 공원
은 그 빼곡한 아파트 숲 사이에 나버린 결손이자
공란처럼 느껴졌다.

"어머니 병세는 좀 어떠셔?"

내가 매기의 말을 기다리다가 안 되겠어서 먼
저 물었다. 매기는 자세히 설명하지는 않았다. 그
냥 재훈아, 먹고 싶은 것 먹고, 보고 싶은 사람 보
고, 하고 싶은 거 하면서 살아, 라고만 했다. 들어
보면 환자를 돌보는 사람의 특별할 것 없는 대답
이었는데 나는 아주 확실히 절망했다. 매기의 대
답에는 말의 진기랄까, 온도랄까, 하는 것이 없었

기 때문이었다. 하지만 아주 없었던 것은 아니고 그저 사라지고 있는 중인지도 몰라서 나는 용기를 내서, 그러고 있잖아, 라고 답했다.

"그래서 우리가 이렇게 만나고 있잖아. 만나고 싶어서."

"그런가……."

그리고 다시 멧새는 울었고 공원과 아주 가까운 아파트에서는 누군가가 크게 하는 기침 소리가 들렸다. 그 크악— 하는 기침 소리는 고요한 공터에 울리며 삑삑삑 하는 멧새 소리와 함께 심상한 정오의 분위기를 구성했는데, 나는 내 말에 그런가, 하고 마는 매기의 얼굴, 매기의 말투, 매기의 반응에서 분명하게 느껴지는 피로감을 읽었다.

"그런데 나는 왜 별명을 안 지어주니?"

나는 분위기를 좀 바꿔볼 생각으로 투정하듯 물었다.

"별명?"

"내가 너를 매기라고 부르잖아. 그런데 너는 왜 내 별명을 안 불러?"

그 말은 그저 일종의 환기를 위한 것이었다. 우리가 이런 우리와 아무 상관없는 누군가들의 일상에 완전히 포위되어 산책도 외출도 아닌 애매한 낮의 시간을 보낼 사이가 아니라고, 우리는 일어나 걸어야 하고 그렇게 잠시 복잡한 마음이 소강될 때까지 걸으면 다행히 아주 나쁘지는 않을 수 있다고 말하고 싶었다.

"나는 너를 그렇게 부를 수 없어. 나는 이미 남편을 '비버'라는 애칭으로 부르고 있거든."

매기는 내 질문에 담담하게 대답했다. 그리고 매기의 그 말에 내 마음이 산산조각 나려고 하는 순간 그런데 나는 너를 만나면서 다른 누구와 잔적은 없어, 하고 덧붙였다.

"하지만 그런 사실들이 이제는 누구를 위한 것들이었는지 알 수가 없네."

그날 나는 상수동의 그 공원에서 와우산로17길로 혼자 돌아왔다. 중간에 편의점에 들러 광화문 집회를 생중계하고 있는 방송을 휴대전화로 보고 있는 로커에게서 맥주를 샀다. 그리고 어쩐지 바로 내 방으로 돌아가지는 못하고 레이디치킨 앞의 파라솔에 앉았을 때 사장이 나와서 말을 걸었다.

"맥주 사셨네요."

"네, 샀어요. 오다가."

"저희 가게에도 캔맥주 파니까 다음에는 닭이 아니더라도 맥주 사러 오세요. 제가 강요하는 게 아니라 진짜 우리 집 맥주가 맛있어서 그래요. 단골가로 드릴게요."

나는 어차피 캔맥주일 텐데 특별히 자기 집 맥주가 맛있다는 건 뭔가 싶어서 좀 웃었다.

"우리는요, 전기료 아낀다고 폐점할 때 냉장고 꺼놓고 가고 하지 않아요. 온도가 일정하죠."

"아, 그러면 그럴 수 있겠다."

"그렇죠, 우리 집 맥주는 아주 일정하게 차갑습니다. 변화가 없어요."

하면서 사장은 어쩐지 눈을 좀 가늘게 떴는데 그가 생각하는 일정함이란 그렇게 마치 무언가를 의심하듯이 더 정확하게 보기 위해서 초점을 맞추는 일이구나 하는 생각이 들었다. 그건 그 디자이너 출신의 닭집 사장이 겪어봤을 여러 번의 실

패를 떠올리게 하면서, 그가 늘 입버릇처럼 하는
불안하다, 는 말을 생각나게 하면서 어떤 사실성
을 획득했다.

"오늘은 닭 주문 안 하실 거죠?"

"네, 어떻게 알았어요?"

"닭 시켜 드신 지 꽤 됐잖아요. 요즘 다이어트
하세요?"

"아니요, 맥주를 이렇게나 사 들고 가면서 다이
어트는요. 먹을 사람이 없어서 그래요."

"없어요?"

"네, 사라졌어요."

사장은 올라가는 내게 그런데 집주인 할머니한
테 무슨 언질을 못 받았느냐고 물었다. 겨울이면
재계약을 해야 하는데 이 근처 웬만한 1층에는
다 가게가 들어오고 있으니 곤란하다면서. 나는
얼마 전 할머니가 굳이 보일러가 잘 돌아가고 있
는지를 물으며 여기 가겟세가 엄청 올랐다고, 부
동산에서 만날 전화가 온다고 한 말이 생각났지
만 그냥 아무 말 못 들었다고만 했다.

그리고 2층으로 올라가서는 맥주를 마시며 책

을 읽었다. 지구상에 인간이 사라지면 자연이 얼마나 충분히 회복되는가에 관한, 인간문명에 대해 충분히 비관적이고 염세적인 책이었다. 600쪽에 달하는 그 책의 저자는 꽤 필력이 좋아서 한동안은 정신없이 빠져들었다. 그러다 벽거울을 보았을 때 그 속에서 내가 책 속으로 들어갈 듯이 몰입해서, 매기가 말해주어서 비로소 알게 된, 절대 놓치지 않겠다는 듯 책의 상단을 움켜쥐듯이 잡은 자세로 책을 읽고 있는 것을 발견했다. 엄지손가락을 비롯한 모든 손가락들이 책의 안까지 파고들어와 붙들고 있는.

그건 책의 중간을 잡아서 엄지만 페이지 안으로 들어와 있고 나머지 네 손가락으로는 책의 겉면을 잡는 일반적인 자세보다 훨씬 더 갈급하고 욕심을 내는, 그래서 절실해 보이는 동작이라고 매기는 말했다. 언젠가 그런 사람을 연기하면 너의 그런 동작을 흉내 내겠다고. 그러니까 나처럼 어린 시절 집안 사정 때문에 충분히 책을 소유해 읽지 못하고 서점에서 읽거나 도서관에서 빌려야 했던, 중학생 때부터 이런저런 아르바이트를 해야 했던, 매기가 알기로는 가장 바람직한 주경야독의 완수자, 초등학교 때는 원예반을 하며 식물을 잘 길러 선생님의 난 화분을 돌보는 특임을 부여받았던 너라는 사람을 떠올리겠다고, 그런 너를.

나는 매기가 남긴 말—비버라는 남편의 애칭과, 오직 너하고만 관계를 해왔지— 그 두 문장을 그 무렵 기하급수적으로 방 안에 쌓여가던 레이디치킨산産 맥주캔처럼 일상 속에 꺼안은 채 시간을 보냈다. 어느 날에 그것은 지질하게도 내 기분을 괜찮게 했으나 대부분의 날들에는 매기의 말처럼 아무 위안도 되지 못했다.

그리고 광장의 시간이었다. 출판사 동료들과 함께 야근이 끝나고 광화문으로 나가기 시작했는데, 그때마다 나는 엉뚱하게도 이렇게 해서 세상이 바뀐다면 매기와 나의 관계에도 어떤 가능성이 있지 않을까 하는 생각만 했다. 그러니까 우리가 사랑했던 오늘은 단지 긴 현재일 뿐인 미래가 될 수도 있지 않았을까. 나는 이 세상에서 가장 소박한 애인이 되어 제주에서 날아올 매기를 기다렸다가 매기는 날개를 먹지 않으니까 그건 내가 먹고 저녁이면 한강으로 나가서 반보씩 간격을 두고 산책 아닌 산책을 함께하고 매기가 가고 나면 조용히 그 일급비밀의 메신저가 울리기를 기다리면서.

인파에 이리저리 몰려다니다 보면 불편한 상황이 생기지 않을 수 없었다. 더러는 좀 비켜주세요, 밟으면 어떡합니까, 앉읍시다, 하는 항의도 퍼져 나갔는데 그 사이에서 한 남자가 유인물을 한 장씩 나눠 주며 아주 인자하게 우리 탓이 아닙니다, 다 정권 탓입니다, 우리 탓이 아닙니다, 다 정권 탓입니다, 하고 있었다. 그 말을 처음 들었을 때는 설핏 웃었지만 그렇게 누구 탓이라고 하면 신기하게도 무화되는 분노의 특성이 생각나면서 내 얼굴은 천천히 굳었다.

그리고 11월 마지막 주에 부고 문자가 날아왔다. 대학동기회에서 보낸 그 문자는 매기의 어머니가 세상을 떠났다는 것이었고 장지는 순천이라는 것이었다. 역시 무심하고 권태가 심해서 나와 매기 사이에 무슨 일이 일어났는지를 모르는 친구들이 단체 채팅방을 만들었고 KTX와 자가운전 사이에서 의견이 분분하다가 우리는 엉뚱하게도 친구 누구의 캠핑카를 여러 명이서 타고 내려가기로 결정했다. 그 캠핑카의 주인은 간 김에 그쪽의 유명한 캠핑장에서 가족들과 동절기 전 마지막 야외 캠핑을 하겠다고 했다. 문상과 캠핑은 어울리지 않는 것이었지만 일상 전체로 따지면 공존할 수 없는 것은 아니었다.

그렇게 해서 처음 타본 캠핑카는 현실의 것들이 축소된, 그래서 어딘가 장난감처럼 귀여워진 집에 가까웠다. 친구와 함께 온 와이프와 아이들은 기꺼이 침대를 내게 내주었는데, 그 집 아이 말에 따르면 내가 '제일 피곤해 보였기 때문'이었다. 나는 아이들의 눈썰미란, 리얼리티를 판단하는 예리함이란 어른들보다 더하다고 생각했다. 그렇게 나는 속력을 낼 때마다 어쩔 수 없이 좀 진동하는 불편한 캠핑카 침대에 누워 매기에게로 갔다. 물론 거기에는 매기의 가족들이 있을 것이기 때문에 내가 가는 것은 정상적인 경우라면 말이 안 되는 일이었다. 하지만 나는 그냥 동기인 척, 그런 사이인 척 슬픔을 위로할 수도 있지 않을까 생각했다. 나는 어머니를 잃은 매기의 슬픔을 직접 가서 위로하고 싶을 뿐이었다. 과거의 윤 병장이 인간 전서구가 되었다가 우리 사이가 전혀 회복되지 못하고 말았으니 그저 부의금을 누구 손에 들려 보내는 정도로 넘기고 싶지는 않았다. 가서 그 불편하고 죄의식이 일고 감당할 수 없는 자괴감에 빠질 수밖에 없는 상황과 대면하리라.

침대에 누워 있기는 했지만 잠들 수는 없었다. 작은 창으로, 겨울을 견디고 있는 숲의 나무들이 빠르게 지나갔다. 그 움츠리고 기꺼이 피폐해진 나무들, 봄이 채 오기 전까지는 어느 것이 성공적으로 살아냈는지 그러지 못했는지 알 수는 없는 것들. 나는 우리가 자꾸 어긋나고 상대를 향한 모멸의 흔적을 남기게 된 건 누구의 잘못도 아니었다고 매기에게 말하고 싶었다. 그냥 그것은 시작과 동시에 숙명처럼 가져갈 수밖에 없었던 슬픔이라고, 그러니까 우리가 덜 사랑하거나 더 사랑했어야 하는 것이 아니라고.

캠핑카가 병원 주차장에 닿은 건 열 시가 다 되어서였다. 원래는 캠핑카에 가족들은 남겨두고 우리만 문상할 계획이었지만 지켜지지 않았다. 무슨 일인가로 매기가 밖에 나와 있었기 때문이었다. 검은 상복 차림의 매기는 차에서 내리는 동기들을 붉게 충혈된 눈과 해쓱한 얼굴로 맞다가, 내가 내리자 그동안 해왔던 훌륭한 연기는 잊고 아, 하고 탄식하며 놀랐다. 동기들은 미처 옷을 챙겨 입지 못했다며 서둘러 화장실로 가서 양복을 입고 누구는 뒤늦게 돈을 찾고 하는 동안 매기는 주차장에 남아 있는 친구의 나머지 가족들과 내 얼굴을 그때까지 본 적 없는 아주 슬픈 눈으로 번갈아 바라보았다. 아이들은 갑자기 내린 눈을 잡는다고 수선스럽게 돌아다니고 어딘가에서 개가 컹, 하고 짖을 때 매기가 드디어 내게 길은 안 미끄러웠어, 밥은, 하고 말을 건넸다. 언제 서울에서 출발했어, 하면서 우리는 되도록 평정을 지키며 대화를 주고받았지만 이내·멈췄고 이윽고 매기가 조용히 자기 손목을 내밀어 이번에는 아무

것도 칠해지지 않은 손톱으로, 내가 기억하고 있는지 아닌지도 모르면서 크게 엑스 자를 한번 그렸다. 그리고 불행히도 우리는 그런 기억들을 하나도 잊지 못했으므로 나는 준비해 간 돈 봉투를 주지도, 하고 싶었던 다정하고 따듯한 위로도 못 한 채 다만 알겠어, 라고 하면서 곧장 병원을 빠져나갔다.

그때 나는 순천은 물론이고 전라도 자체를 처음 가본 것이어서 그 도시에 대해 아는 것이란 정육점이 아니라 식육점이라는 상호를 쓴다는 사실뿐이었지만 두리번거리지도 않고 곧장 빠르게 걸었다. 택시 잡을 생각도 못 하고 지금 어디로 가는지도 모른 채 정신없이 걷다가 나는 '철새 도래지'라는 교통표지판을 보았다. 어디로 갔든, 어디에서 무엇을 했든 다시 돌아와 닿을 수 있는 만을 지닌 도시. 나는 여기야말로, 매기를 위한 곳, 그리고 어떠한 미화도 하지 않고 우리가 헤어질 수 있는 완벽한 장소라고 생각했다.

나는 이사 비용과 복비를 다 물고도 두 달을 기

다려 레이디치킨 위층의 그 방을 정리했다.

6

 매기를 다시 본 건 이듬해 누군가 염천 더위에 결혼을 하면서였다. 그들이 흔히 결혼하지 않는 계절에 식을 올릴 수밖에 없는 건 아이를 갖게 되었기 때문이었다. 친구들은 그 결혼 소식을 알리며 이번에는 그냥 가버리지 않을 거지? 하고 확인했는데, 뭘 알고 그러는 건 아닌 것 같았다. 내가 공교롭게도 삼촌이 그날 사고를 당했다고 둘러댔기 때문이었다. 그리고 정말 우연이라고 할 수밖에 없게 그 달에 투병해온 삼촌이 세상을 떠났고 나는 그런 죽음의 반복이 이루어지는 가운데 겨울을 보냈다. 삼촌의 짐을 정리하면서 내가 발견한 건 수많은 법전과 수험서 이외에 인간의 행불행을 점치는 역서들이었다. 나는 한 번도 뭔가 기죽은 것 같지 않게 늘 말이 많고 호언장담을 늘어놓으며 살았던 삼촌이 사실은 깊은 패배감과 불안에 시달려온 것이 아니었을까, 하고 생각했다. 그 역서들에는 꼼꼼한 메모와 밑줄이 그어져 있었다. 이사한 집은 원룸이기는 했지만 한강이 어렴풋이 보였고 오피스텔이라서 주택과는 다르게 윤택하게 포장되어 있는 기분이 들었다. 이중창만 닫아두면 바깥에 봄이 왔는지도 느껴지지 않았다.

결혼식에 가면서 나는 매기가 불편해하면 어떻게 하지, 하고 생각했다. 물론 다시 매기를 만나게 되는 일이 기다려지지 않은 것도 아니었지만 그런 일종의 기대와 긴장을 하는 건 아주 불온한 일처럼 느껴졌다. 경복궁 인근에서 열린 결혼식은 축가를 트로트 가수가 불렀다는 점 이외에는 특별할 것이 없었다. 둘은 영원한 사랑을 맹세하고 주례는 다산과 평안을 기원했다. 친구들이 모두 모여 기념사진을 찍을 때에야 나는 라일

락색 투피스를 입고 작고 파란 물방울 모양 브로치를 단 매기를 볼 수 있었다. 사진사는 계속 시시한 농담을 해가며 우리에게 웃으라고 했지만 나는 웃을 수가 없었다. 무엇보다 견딜 수 없었던 건 신랑이 잘못 던진 코사지가 내 앞으로 날아와 엉겁결에 내가 받고 말았다는 점이었다. 원래 받기로 되어 있던 친구에게 돌려주자 친구가 "괜찮아, 너도 가야지, 괜찮아" 했고 나는 매기 앞에서 그런 장미와 프리지어로 된 꽃을 들고 있어야 하는 것이 견딜 수 없어서 아니라고, 안 받겠다고 한사코 거절을 하다가 나중에는 "괜찮다니까, 야 나 정말 괜찮아" 하고 소리를 지르고 말았다. 사진사가 "우리 친구분은 비혼주의자인 걸로" 하면서 분위기를 넘겼고 다시 원래의 주인에게 코사지를 들려 사진을 찍었다. 촬영이 끝나고 파할 때 매기가 다가와 "뭐야, 어색하잖아"라고 한마디 했다.

"멍충이 같잖아, 뭐니, 뭘 그렇게까지 해."

그것이 반년 만에 만난 나를 향한 매기의 첫마디였다. 우리는 접시에 수북이 음식을 담으며 피로연을 즐겼다. 매기는 어느 때보다 스스럼없이 나를 대했는데 그런 평정심은 우리의 관계가 멈춰진 데서 왔다는 생각이 들었다. 결혼식이 끝나고 매기는 내게 궁을 걷고 싶다고 했다. 우리는 경복궁을 갈까 하다가 매기가 나는 창덕궁이 더 좋은데, 해서 거기까지 갔다. 바람이 불 때마다 푸른 잎들이 쇄쇄— 하면서 흔들리는 생생한 여름이었다. 매기는 자기가 대학로 극단에 단원으로 있을 때 여기를 자주 왔다고 했다. 이렇게 텅 비어, 주인이 없는 집들에 와 있으면 복작이던 모든 순간들이 사라지고 결국 인생 이렇게 가는구나, 싶었다고.

"그 시절에는 어땠어?"

"단원 시절?"

"응."

"쉽지 않았어, 나는 그냥 거기를 나와버린 것에 가까워."

우리는 매기가 가장 좋아했다는 후원의 희우정까지 갔다. 숙종이 가뭄 끝에 온 기쁜 비를 기념해서 지은 이 이름이 좋아서 매기는 잘 간직해두었다가 아이의 이름으로 붙여주었다고 했다. 나는 매기가 그렇게 아이에 대해 말할 때, 그러니까 희우, 기쁜 비라는 이름을 가진 아이에 대해 말할 때 그때까지 내가 경험하지 못한 표정과 말투, 목소리가 나온다고 느꼈다. 당당한 매기의 몸은 여름의 나무처럼 아주 크게 느껴졌다.

"매기라고 부른 건 매기 큐 때문이 아니야."

한동안 바람을 맞고 있던 내가 그때까지 가장 하고 싶었던 말을 꺼냈다. 지금이 아니면 앞으로 영영 기회는 없을 것 같았다.

"알아."

매기는 내 쪽으로 얼굴을 돌리면서 바람 때문인지 눈은 채 뜨지 못한 채로 답했다.

"그 순댓국집 아줌마에게서 왔지."

"어떻게 알았어?"

"어떻게 알았을까?"

매기는 한동안 말해주지 않다가 우리를 그나마 예쁘게 봐준 사람이잖아, 라고 했다.

공항까지 차로 데려다주면서 나는 이런 질문들은 다행히 하지 않았다. 그러니까 우리 이제는 완전히 끝이 난 거지, 안부도 물을 수 없는 것이 겠지, 하는. 출국장 입구에 내리면서 매기는 언제 한번 제주로 여행을 오면 연락하라고 했다. 자기 만 아는 아주 유명한 순댓국집이 있다고, 거기는 정말 제주 토종의 방법으로 순대를 만드는데 특 이하게 산초를 쓴다고.

"내가 제주까지 가서 순댓국을 먹어야겠어?"

내가 장난으로 그렇게 묻자 매기는 하기는 그 렇다, 하며 웃었다.

"이제 그런 건 안 어울릴 거야."

*

그해의 크리스마스 날, 나는 비행기를 타고 제 주로 향했다. 물론 매기에게는 연락하지 않았고 매기가 오라고 한 것도 아니었다. 매기가 제주에 있을지, 크리스마스를 맞아서 아이와 함께 어디 를 여행 간 것은 아닌지 알 수 없었지만 나는 일 단 내가 제주에 가는 것이 필요하다고 생각했다. 그러면서 제주에서 보내는 크리스마스 이후에는 더 이상 매기를 기다리지 않겠다고 다짐했다. 나에게는 어찌 되었건 매기와 결별할 수 있는 어떤 전환이 필요했던 것이었다.

내가 아는 것은 매기의 집이 아니라 매기의 남편이 하는 유기농 스토어의 주소뿐이었다. 월드컵 경기장 인근에 있는 그 스토어는 제주의 유기농 야채들만 취급하고 또 제주에는 잘 나지 않는 야채들—이를테면 열무—을 싼값에 갖다놓기 때문에 꽤 유명했다. 그리고 일반의 야채 가게와는 달리 마치 카페를 연상케 하는 인테리어로도 잘 알려져 있었다. 나는 제주의 오름을 오르고 바다를 보고 해변을 달리며 제주를 여행한 마지막 날에, 그러면 안 되지만 스토커 같기는 하지만, 약간 멍청이 같지만 맞은편 베이커리에 앉아 한동안 가게를 지켜보았다. 여러 번 트럭이 오가고 배추나 무 같은 것이 내려졌으며 사람들이 와서 장을 봐 가는 장면을. 그렇게 그들이 들고 있는 장바구니에 담긴 것들의 무게를 가늠해보는 것을 지켜보았다. 그렇게 다른 사람들은 살고 있다는 것, 그들의 일상이 돌아가고 있다는 것, 그들에게는 집이 있고 먹어야 할 저녁이 있고 내일을 위해 오늘 확보되어야 할 밤의 숙면이 있다는 것, 매기 역시 내가 보지 못하는 어느 영역에서 자기 삶을 살아가고 있다는 것. 장바구니 위로 어느 푸성귀의 푸른 잎이 보일 때마다, 비닐봉지를 묵직하게 누르는 야채의 부피감이 느껴질 때마다 나는 그런 것들에 대해 생각했다. 심지어 당근도 자기 삶을 감당하고 있다고.

스토어가 폐점할 때가 되어서야 나는 그 안을 한번 보고 싶다는 생각을 했다. 우연히 매기와 마주치는 일은 없을 거라는 확신이 들었고 망설이다가 이내 길을 건넜다. 안으로 들어가니 이미 많은 물건들은 팔린 뒤였다. 그리고 여행을 온 내가 살 수 있는 것은 그 가게에 별로 없었다. 나는 제주에서만 난다는 천혜향을 몇 개 집고 먹을지 알 수 없지만 단단한 감자를 몇 알 샀다. 그리고 계산을 하려는데 잘 있던 아줌마가 잠깐 일을 본다며 자리를 떠났고 졸지에 사무실에서 나온 그, 이미 지역신문에서 마르고 닳도록 내가 들여다봐서 아주 친근하게 얼굴을 새겨버린 매기의 남편이 내가 산 물품들을 계산했다. 18000원입니다, 담아드릴까요? 나는 배낭을 메고 있었지만 넣어달라고 했고 그가 비닐봉지를 뜯어 그것을 넣고 내게 건넬 때 어쩔 수 없이 손가락들이 스쳤다. 나는 그것을 주고받았을 때의 느낌을 아마 긴 시간이 흘러도, 어쩌면 매기와 관련한 기억들 중에서 가장 무거운 무게로 가져가리라는 생각이 들었다. 그건 어디에도 미뤄지지가 않는 것이었다. 매기에게도 정권에게도 이 세상이나 어느 사랑에게도. 아무리 동산 수풀은 사라지고 장미꽃은 피어 만발하더라도, 모두 옛날의 노래를 함께 부르고 시간이 지나 나의 사랑, 매기가 백발이 다 된 이후라도.

---

* 소설 내용 중 스스로에게 보여주기 위해 엑스 자 문신을 한다는 설정은 시인 A와의 대화에서 왔다. —필자 주

작품해설

미뤄지지 않는 것

권희철

1. 인간은 사랑을 필요로 한다

사랑에 대한 하나의 가설 : 인간은 사랑을 필
요로 한다. 그러나 이 가설을 감상적으로 읽을 필
요는 없다. 이 가설이 말하고자 하는 바는 다음과
같은 것이기 때문이다. 사랑은 인간 존재가 양립
불가능한 것은 아닐지라도 화해하기 어려운 두
양식을 동시에 요구하기 때문에 (다시 말해서 인간
이 한편으로는 사회적 존재이고자 하면서도 다른 한편
으로는 개별적 존재이고자 하기 때문에) 빚어지는 혼
란을 정상화하려는 시도 가운데 하나이다.

    인간은 물론 사회적 기능과 역할로 환원될 수 없는 자기 자신(개별적 존재)이고자 한다. 하지만 외부세계로부터 참조할 만한 의미나 가치들을 공급받지 못한다면 누구도 자기 자신이 되어가는 일련의 과정들을 진행시킬 수 없으며 그가 그 자신으로 존재하고 있다는 점을 인정하고 승인해줄 외부세계로부터의 고립을 항구적으로 감당하기도 어렵다. 그런 점에서 인간은 개별적 존재이고자 하지만, 개별적 존재이고자 하기 때문에, 사회적 존재이고자 한다고도 말할 수 있다. 그런데 만일 사회라는 것이 다양한 요소들을 서로 연결하는 가운데 자기 규칙들을 만들어나가는 열린 체계의 움직이는 형성물이라면, 사회는 그 내부에서 서로 떨어져 있는 차이 나는 요소들을 지속적으로 발견해내는 한에서만 그것들을 새롭게 연결해 나가며 스스로를 갱신해 살아 움직일 수 있다. 그렇다면 사회는 자신의 안정화를 위해 개인들에게 기존의 체계에 맞춤하게 편입해 있는 기능이나 역할에 머물러 있기를 요구하는 것만큼이나 기존의 체계에 들어맞지 않는 독특하고 차이

나는 개인이 되기를 요구하며 그러한 개인들을 통해 새로운 연결을 창출하여 사회 자신이 활성화되기를 기대할 것이다. 그러므로 인간은 사회적 존재이고자 하지만, 오히려 사회적 존재이고자 하기 때문에, 개별적 존재여야만 한다고도 말할 수 있다.

결국 인간은 개별적인 동시에 사회적이다. 그러나 개별적인 것과 사회적인 것을 '동시에'로 나란히 놓고 기술記述하는 것은 간단하지만, 그 두 양식을 '동시에' 실천하는 과정은 복잡하고 까다롭다. 여기서의 '동시에'는 대단히 위태롭고 혼란에 빠지거나 결렬되기 쉽다. 그가 다른 누구도 아닌 그인 한에서 그는 사회적 의미·가치·기능으로부터 빠져나오는 경향이 있고, 그가 하나의 구성 요소로서 어떤 사회에 강하게 참여하는 한에서 그는 더 이상 자기 자신이 아니기 쉬운 것이다.

'사랑'은 이 위태롭고 혼란스러운 '동시에'의 영역에서 작동한다. 사랑에 대하여 우리가 믿고 싶어 하는 강력한 환상에 대해 생각해보자. 우리가 누군가와 사랑에 빠지는 것은 상대방이 사회

적으로 권장되는 미덕들을 두루 갖췄기 때문이
아니라 우리가 상대방에게서 다른 누구에게도 없
는 사소할지라도 독특한 무엇인가를 발견하고 그
독특함에 사로잡혔기 때문이다. 말하자면 사랑은
상대방을 다른 누구도 아닌 바로 그로서 발견하
고 긍정하는 것을 그 출발점으로 삼는다. 또한 사
랑의 실천 속에서 우리는 끊임없이 사랑의 파트
너를 고려하고자 한다. 사회적으로 공인받는 척
도를 대신해서 오직 사랑의 파트너를 위한 관점
으로 매순간 모든 상황을 이해하고 평가하고자
한다(사랑에 빠진 자에게, 사랑은 다른 모든 사회적으
로 공인된 덕보다 우월한 덕으로 받아들여지기 때문에,
이 무모한 이해와 평가를 정당화하는 것이 어려운 일
이 아닐뿐더러 그 무모함이 부추겨지기까지 한다). 그
결과 우리 자신이 새로운 관점과 그 실천에 의해
새로운 자아로 다시 깨어나기에 이른다. 그러므
로 사랑하는 인간은 사회적 존재로부터 이탈하면
서 더 이상 사회적 존재로 환원될 수 없는 개별적
존재가 된다.

그러나 저 새롭고 개별적인 자아는 사랑의 파

트너와의 '연결'이 없었더라면 깨어날 수 없었을 것이다. 또한 사랑의 파트너를 위한 관점으로 매 순간 모든 상황을 이해하고 평가한다는 것은 이 개별적 존재가 어떤 고립 혹은 둘만의 관계 속에 함몰되는 대신 (비록 그것이 왜곡된 것이라 할지라도 사랑의 파트너를 중심으로 새롭게 구축된) 외부세계 에 강하게 참여한다는 것을 의미한다. 게다가 사 랑은 사랑보다 더 통제하기 까다롭고 무질서해지 기 쉬운 섹슈얼리티를 순화시켜 문명화하는 경향 이 있고, 우정과 같은 사회적인 결속과 빈번히 뒤 섞이며, 별다른 저항 없이 결혼과 같은 사회제도 와도 결합하는 방식으로, 우리가 사회적 존재가 되는 데 기여한다.

　다시 말하지만 사랑은 사회적 존재가 되고자 하는 경향과 개별적 존재가 되고자 하는 경향이 위태롭고 혼란스럽게 교차하는 지점에서 그 둘의 교차를 정상화하기 위해 요청되는 감정이다. 사 랑에 대한 환상을 믿기로 한다면, 사랑과 함께 우 리는 다른 무엇보다 우리 자신이 되지만 이때의 우리는 결코 홀로 있지 않은 것이다. 그러나 이 정상화의 시도가 성공하는 경우는 드물다. 사랑이 우리를 사회적 존재이며 동시에 개별적 존재가 될 수 있게 해주기는커녕, 사랑이 우리를 사회로부터 이탈시키는 동시에 우리 자신을 잃게 하는 경우가 더 많은 것이다. 사랑은 조화될 수 없는 두 경향이 교차하는 위태롭고 혼란스러운 상황을 정상화하기보다 그런 상황에 감염되어 사랑 그 자체가 위태롭고 혼란스러운 것이 된다.

그러나 이것이 곧바로 사랑에 대한 더 많은 지혜로운 조언과 그에 따른 수정과 보완이 추가로 필요하다는 것을 뜻하지는 않는다. 그것은 차라리 사랑처럼 오래 실천된 신비화된 전략으로도 정상화할 수 없는, 위태롭고 혼란스러운 방황이야말로 인간의 조건이라는 점을 의미할지도 모른다. 비록 그것이 고통스러운 혼란으로 경험된다고 할지라도, 바로 그 방황이 거치게 되는 복잡하고 다양한 경로 위에서 자신과 타인을 변화시키고 다양한 감정과 의미를 산출하는 가운데 무엇인가를 연결하거나 분리하는 과정이야말로 개별적이고도 사회적인 인간의 생 그 자체인지도 모른다. 바로 그 생을 충분히 겪어내기 위해서라도 인간은 사랑을 필요로 하는 것이다.

2. 사랑은 실패한다

그런 점에서 『나의 사랑, 매기』의 안재훈과 매기의 사랑이 두 방향으로 교차하는 어떤 경향들이 서로를 간섭하거나 훼방하는 방식으로 경험되는 것은 어쩌면 당연한 것인지도 모른다. 서로를 간섭하거나 훼방하는, '지극히 사적이고 내밀한 공간으로 숨어들어 소통 불가능한 것을 향유하려는 경향'과 '어딘가의 안쪽에 숨겨져 있는 특이한 것을 평범하고 일상적인 것들 사이로 끄집어내어 소통 가능한 것으로 바꿔놓으려는 경향'.

예컨대 이런 식이다. 안재훈과 매기의 섹스를 방해하는 것은, 매기가 다른 남자와 결혼관계에 있다는 사실에서 오는 제약이나 죄책감이 아니라, 그들이 섹스하고 있는 방 아래의 닭집에서 올라오는 닭기름 냄새다.

그 고소고소하고 촉촉한 튀김 가루에 마늘 가루와 후추를 넣어 염지한 닭의 몸통 같은 것이 어려서부터 친숙하고 어딘가 가족과 화평한 주말, 개키지 않은 이불과 아빠의 다 늘어난 러닝셔츠와 까무룩 잠이 드는 강아지와 녹이 슬고 있는 아파트 현관의 철제문, 뻐꾸기시계 등을 떠올리게 하는 닭의 그 환기의 힘 덕분에 우리의 섹스는 점점 더 순해졌다. 건전한 여가의 운동이 되고 격려의 악수가 되었다가 이윽고 뒤척임이 되었다. 파도처럼, 자연스럽게 밀려 들어왔다가 다시 반동으로 밀려 나가는, 그런 오고 감은 자연스럽고 무해한 것이다. 무해하다, 레이디치킨의 기름 냄새처럼, 나는 자주 이런 생각을 했다.(12쪽)

단지 식욕을 자극하는 냄새가 관능적인 분위기를 깨뜨렸다는 것이 아니다. 많은 사람들이 공유하는 일반적인 삶, 혹은 개방적이고 일상적인 관계를 의식하게 만드는 힘이 이 커플을 지극히 사적이고 내밀한 관계로부터 끄집어내기 때문에 그들의 섹스는 방해받는다. 서로의 육체에 집중하는 가운데 어느 순간 감각 그 자체에 완전히 몰두하며 외부세계를 망각해야 할 섹스에, "그 고소고소하고 촉촉한 튀김 가루에 마늘 가루와 후추를 넣어 염지한 닭"이라든가 "개키지 않은 이불과 아빠의 다 늘어난 러닝셔츠"(12쪽)와 같은 것들이 구체적이고 세세하게 환기되며 밀고 들어온다. 그 평범하고 일상적이며 개방적인 것에 의해 주의가 흐트러지고 그런 것들 사이에 놓이고 나면 "아주 위험하고 격정적이며—여러 의미에서의— 파괴의 행위"(13쪽)라고 할 만한 섹스는 온순해지고 악수가 되었다가 뒤척임에 불과한 것이 된다.

하지만 그들이 기름 냄새가 들어오는 그 방에만 머물러 있어야 했던 것은, 말하자면 그들은 정상적인 커플이 아니었으므로(매기에게는 남편이 있었으므로), 타인의 눈을 피하느라 사적이고 내밀한 공간 바깥으로는 나갈 수 없었던 탓이다. 이 커플은 한편으로는 사회로부터 물러서고(이 커플이 정상적으로 허용되는 결혼관계 바깥에서 만나고 있다는 것이 이미 사회로부터 물러서는 것이다) 그들만의 공간으로 숨어들고자 했지만 바로 그 조건 때문에 냄새처럼 스며들어 그들의 내밀함을 깨뜨리는 평범하고 일상적이고 개방적인 것을 피할 수 없었다.

교차하는 두 경향이 서로 충돌하고 방해하는 사례를 그럼에도 서로를 필요로 하는 사례를 더 생각해볼 수도 있겠다. 재훈은 "광장에 나가 누군가들과 공유할 수"(98쪽) 없는 "한없이 사소하고 한없이 개인적인, 아주 축소된 채로 있어야 유지가 가능한"(99쪽) 어떤 마음 때문에 2016년 가을 광화문으로 모여드는 시민들의 틈에 함께 있을 수 없었다(재훈이 동료들과 광화문에 나가기 시작한 것은, 매기의 말에 온도 같은 것이 사라진 탓에 "아주 확실히 절망"[103쪽]한 뒤 그러니까 둘 사이의 내밀한 관계의 끝에 대한 확실한 예감 뒤이다). 그런 마음은 "바닥을 기면서 그 무던함과 성실함으로 바글거리며 한 입 한 입 물어다 겨우 개미 공동체를 유지하는 데 사명을 걸고 어느 선택된 여왕개미의 다산을 위해 복종하면서 아둔하게 살아가는" 것을 두고 "무언가 인생이 참 허망하다"(54쪽)고 생각하는 것, 그리고 "친숙하고 일상적인 것, 끈질기게 삶을 운용하는 어떤 대상에 대한 알 수 없는 적의"(65쪽) 같은 것과도 서로 통한다. 그런 마음은 '정육점'처럼 '일반적으로' 통용되는 '평범한' 말 속에서 자신만이 알아볼 수 있는 비밀스러운 무엇인가(고기를 정미精美한다는 말에는 고기를 먹어치우는 식육 행위를 미화하는 음모가 숨겨져 있다!)를 찾아내는 사람이었기 때문에 매기에게 사로잡히는("나를 빡가게 했다"[10쪽]) 재훈의 마음의 뒷면이기도 하다. 말하자면 내밀한 것을 향해 파고드는 어떤 경향이 평범하고 일상적이고 개방적인 것을 방해한다.

하지만 재훈은 동시에 누구라도 그렇듯 "사랑이라는 것이 마땅히 갖추어야 할 '쇼잉'의 기쁨을 마음껏 누리"(47쪽)고 싶어 했고 매기가 제시하는 "규칙들 속에 이 관계에 대한 은폐의 기도가 온통 들어가 있다는 사실에 창백하게 질려가고 있었다".(34쪽) 말하자면 재훈은 자신의 가장 내밀한 것이 평범하고 일상적이고 개방적인 것과 교차하기를 원했다. 재훈 애인의 애칭이 '매기'가 된 이유도 그런 것이다. 두 사람을 향해 예쁘다고 말해준 유일한 사람이 주방에서 「매기의 추억」을 흥얼거리며 양파를 썰던 순댓국집 아줌마였으므로 재훈은 애인의 애칭을 여기서 따온 것이다. 두 사람의 비밀스러운 관계는 그것을 인정하고 승인해줄 타인의 시선을 필요로 했다.

그러니까 재훈이 "사랑은 프라이빗한 것이지만 쇼잉이기도 하다"고 말할 때, 우리는 그것을 일반적인 커플들이 자신들의 기쁨을 타인들에게 과시하고 싶어 한다는 정도로 읽는 데서 멈추지 않고, 사랑이 작동하고 있는 저 '교차'의 장소를 떠올려야 할지도 모른다. 그 교차의 형식은 재훈이 매기와의 추억을 기록하는 가운데 (내밀한 지점으로 집중되는) 은폐와 (사회적으로 개방하는) 노출의 변증법으로 재진술되기도 한다. "그러면 매기와 내가 나눴던 어느 여름의 대화가 숨겨진 채 전달되는 것이겠지, 어느 정도 감춰지고 어느 정도는 노출될 수 있는 것이겠지."(11쪽) 하지만 우리는 이 은폐와 노출의 교차가 재훈이 바라는 것처럼 조화롭게 이뤄질 수 없고 충돌하며 서로를 방해한다는 사실을 안다. 개방적인 것과 내밀한 것은 서로를 필요로 하면서도 서로를 파괴한다. 『나의 사랑, 매기』가 포함하는 에피소드 대부분은 이 혼란을 표현하고 있다.

이 혼란과 관련해서 재훈의 회상에는 흥미로운 착오가 하나 있다. 재훈은 매기와 왜 그렇게까지 길고 긴 산책을 할 수밖에 없었는가에 대해 심리적 설명을 두 차례 제공하는데 이 두 설명은 서로 어울리지 않는다.

매기를 14년 만에 다시 안았을 때, 손을 잡고 입술을 가져다 댔을 때 나는 우리가 왜 그렇게 온 힘을 다해 진을 빼듯이 걷고 있었는가를 깨달았다. 우리는 우리 내면의 어떤 것이 기진맥진해져서 완전히 투항하기를 바라면서 무언가와 싸우듯이 걷고 있었던 것이었다. 어떤 날에는 걷고 걸어 무사히 우리의 리비도를 이겼지만 그러면 다시 열흘이나 일주일쯤 뒤에 약속을 잡아 아무렇지 않은 척, 그냥 우리는 어떤 다른 사이도 아니라 동기 동창, (……) 서로의 우애를 확인하는 그런 사이인 척 밥을 먹고 차를 마시다가 다시 걸었다. (……) 다정함의 목줄을 단단히 죄고 있던 어느 날에 매기는 나 이제 더 이상 못 걷겠어, 하고 강변 벤치에 앉았고 그때쯤에는 나도 더 이상은 어떻게 해서도, 무슨 이유를 대도 더 이상은 걸을 수가 없어서 매기 옆에 앉아 침묵하다가 손을 뻗어 매기의 뺨을 어루만졌다. 우리는 완전히 무언가에 진 기분이었고 동시에 너무 져버려서 어떤 것에도 저항할 필요가 없게 느껴졌다.(18-19쪽)

신경 쓸 필요가 없는데도 매기는 나와 함께 있다는 사실 자체를 지나치게 조심했다. (……) 내가 보기에 매기는 그러한 조심을 통해 궁극적으로 이루려고 하는 목적이 있는 것이 아니라, 그저 자기가 그렇게 조심하고 있다는 것, 그런 조심의 상태가 중요한 듯 보였다. 우리가 4킬로미터쯤은 걷고 걸어 초자아를 녹다운시켜야 겨우 속마음을 말할 수 있는 관계라는 것을 적어도 이 관계를 시작한 마당에 서로에게 내색해서는 안 된다고 생각했던 나와는 정반대의 태도였다.(31쪽)

그들은 왜 그렇게 녹초가 될 때까지 걸어야 했는가. 첫 번째 인용문에 따르면 이렇다. 재훈과 매기는 그들의 내면에서 들끓는 감정과 충동을 감지했지만 그것이 사회적으로 허락되지 않는다는 것을 잘 알고 있었다. 그들은 그 감정과 충동을 완전히 무시할 수 없었지만 그것이 실현되는 것도 바라지 않았다. 그들은 무의식적으로 사회적 금기의 편에 서서 자신들의 감정과 충동에 맞섰다. 그들은 싸우듯 걸으며 자신들의 육체를 기진맥진하게 만들었고 그 기진맥진한 육체 속에서 감정과 충동도 잦아들기를 바랐다. 그러나 그들은 감정과 충동을 이길 수 없었다. 그렇게 해서 감정과 충동에 사로잡힌 두 사람은 사회적으로 허락되지 않는 새로운 관계를 시작하게 된 것이다. 하지만 두 번째 인용문에 따르면 사정이 다르다. 그들은 기다렸던 것이다. 길고 긴 산책 끝에 사회적 금기를 대리하는 그들의 초자아가(감정과 충동이 아니라!) 녹다운되기를, 그렇게 해서 그들의 자제력이 부식되기를. 그들은 무의식적으로 자신들의 감정과 충동에 은근히 복종하며 초자아와 장기전을 벌였고, 길고 긴 산책의 피로 때문에 그들이 녹초가 되었을 때 그들의 초자아 또한 제대로 작동할 수 없었고, 그렇게 해서 두 사람의 감정과 충동이 현실화되기 시작한 것이다.

두 인용문 가운데 어느 쪽이 옳은 것일까? 아마 둘 중에 하나를 고를 필요가 없을 것이다. 그들의 문제는 감정과 충동의 편에 설 것인가, 초자아의 편에 설 것인가가 아니라, 그 두 항목이 서로 싸우고 있다는 데 있으니까.

만일 재훈과 매기의 사랑이 실패한 것이라면 그 원인은 사랑 안에 이미 내재해 있는 극복 불가능해 보이는 저 갈등과 혼란일 것이다. 매기가 이미 결혼했다는 사실은 저 갈등과 혼란을 극대화하는 조건일 뿐 근본적이거나 결정적인 원인이 될 수 없다(우리 가운데 누군가는 결혼의 바깥에서 사랑을 실천한다는 바로 그 점이, 사회제도로서의 결혼이 사랑을 완전히 포괄할 수 없다는 바로 그 점이, 사랑 안에 이미 내재해 있는 저 갈등과 혼란에서 비롯되는 것이다). 그러니까 재훈과 매기 커플 앞에 놓인 장애물이 그들이 재회하기에 앞서 매기가 이미 다른 남자와 결혼했다는 사실이라고만 말하는 것은 불충분하다. 그런 조건이 아니라고 하더라도 사랑은 언제나 위태롭고 혼란스러운 방황으로 작동하기 때문이다. 그러니까 사랑은 본래 실패하도록 되어 있는 것인지도 모른다. 재훈과 매기의 손목에 새겨지는 X자 표시는, 서로에게 안 된다고 말하는 것이기에 앞서, 사랑의 본래적인 실패를 암시하는 것인지도 모른다.

3. 그것은 누구의 잘못도 아니다

그러나 앞에서 이미 말한 것이지만, 이것이 곧바로 사랑에 대한 더 많은 지혜로운 조언과 그에 따른 수정과 보완이 추가로 필요하다는 것을 뜻하지는 않는다. 그것은 차라리 사랑처럼 오래 실천된 신비화된 전략으로도 정상화할 수 없는, 위태롭고 혼란스러운 방황이야말로 인간의 조건이라는 점을 의미할지도 모른다. 비록 그것이 고통스러운 혼란으로 경험된다고 할지라도, 바로 그 방황이 거치게 되는 복잡하고 다양한 경로 위에서 자신과 타인을 변화시키고 다양한 감정과 의미를 산출하는 가운데 무엇인가를 연결하거나 분리하는 과정이야말로 개별적이고도 사회적인 인간의 생 그 자체인지도 모른다. 바로 그 생을 충분히 겪어내기 위해서라도 인간은 사랑을 필요로하는 것이다. 그렇다면 관건은 어떻게 하면 방황과 혼란을 피할 수 있는가가 아니고, 피할 수 없는 방황과 혼란을 어떻게 감당하고 자신의 삶으로 만드느냐는 것이다.

그렇게 본다면 사랑의 실패와 성공에 대해 따지는 것은 무의미하다. 안정된 결합 관계 속에서 행복한 결말에 도달한 것처럼 보이는 사랑이 위태롭고 혼란스러운 방황에 충실하지 못한 탓에 체험의 폭을 줄여놓은 것일 수 있고, 후회와 고통밖에는 남은 것이 없는 것처럼 보이는 사랑이 위태롭고 혼란스러운 방황을 통해 우리에게 어떤 체험을 풍부하게 선물한 것일 수도 있다. 그러니까 재훈과 매기의 관계가 "자꾸 어긋나고 상대를 향한 모멸의 흔적을 남기게 된 건 누구의 잘못도 아니었다"고 말할 수 있다. 그들이 "덜 사랑하거나 더 사랑했어야 하는 것"(112쪽)은 아니었다고도 말할 수 있다.

왜 재훈과 매기가 실패했는지를 따져보는 일만큼은 피해야 한다. 매기가 재훈과 재회하기 전에 다른 남자와 결혼해버렸기 때문에? 매기가 그 결혼을 포기하지 않았기 때문에? 재훈이 매기의 조건을 완전히 수용할 수는 없었기 때문에? 그 모든 장애물들을 미리 알고 염려했음에도 초자아를 이겨버리는 불가항력적인 충동 때문에? 사랑이 본래 실패하도록 되어 있는 것이기 때문에? 어떤 답을 고르더라도, 그 답이 나름대로 타당한 면이 있겠지만, 그것은 재훈과 매기가 겪은 것들을 있는 그대로 감당하며 자신들의 삶으로 살아내는 대신 누군가 혹은 무엇인가를 탓하며 자신들이 감당해야 할 것을 누군가 혹은 무엇인가에게 미뤄버리는 것이 되기 쉽다. 사랑을 통해 겪어낸 그것들을 다른 누구 다른 무엇에도 미루지 않고 감당하며 우리 삶의 함량을 증가시키는 것, 그것이 사랑이 우리에게 요구하는 것인지도 모른다.

적어도 사랑의 끝에서 재훈은 그렇게 생각했던 것 같다. 그것이 이 소설의 마지막 장면이기도 하다. 사람들이 저마다 장바구니에 담긴 것들의 무게를 가늠하며 집으로 돌아가는 풍경을 오래 지켜보며 재훈은 생각했다. 모두들 그렇게 어떤 무게를 감당하며 일상으로 돌아가 자신의 삶을 살아낸다고. 그때 재훈이 보는 것은 요리의 재료가 되어줄 당근이 아니라 우리가 무엇인가를 감당하려 할 때의 그 단단하고 묵직한 저항감 그 자체이다. 그 단단하고 묵직한 저항감만이 무엇인가의 실존을 표현한다. 실존, 그러니까 무엇인가를 감당하느라 얻게 된 함량이며 무게. "비닐봉지를 묵직하게 누르는 야채의 부피감이 느껴질 때마다 나는 그런 것들에 대해 생각했다. 심지어 당근도 자기 삶을 감당하고 있다고. (……) 그건 어디에도 미뤄지지가 않는 것이었다."(112-113쪽) 내밀하고 독특하며 소통 불가능한 것도 없이 서로에게 열려 있는 것처럼 보이는 저 평범하고 일상적인 것들의 삶이라는 것도, 실은 저마다의 혼란과 방황으로 겪어낸 어디에도 미뤄지지 않는 어

떤 것을 감당하느라 단단하고 묵직해져 있는 것
이다. 그러니까 사랑은 실패하는 것이지만, 사랑
에 실패한 탓에 어쩔 수 없이 사랑으로부터 물러
서서 사랑을 잊고 무엇인가가 사라진 채로 일상
으로 돌아가야 하는 것이 아니다. 실패하는 사랑
의 요구에 응답하여 방황과 혼란의 진폭 속에서
어디에도 미룰 수 없고 미뤄지지 않는 것을 찾아
내고 간직해 삶의 함량을 증가시켜야 하는 것이
다.

우리는 비록 아무것도

봄에 가파도의 청보리밭이 보고 싶어 친구들과 선착장까지 갔지만 표가 없어서 들어가지 못했다. 발길을 돌린 우리는 그냥 길을 가다가 우연히 만난 근처의 작은 보리밭에서 사진을 찍으며 아쉬움을 달랬는데 나는 가을을 그 섬의 레지던스에서 보냈다. 봄에는 상상도 못한 일이었다. 더구나 나는 지금 서귀포 카페에 앉아 있는데 이 옆은 내가 매기와 그 가족들이 운영했으리라 착상한 지인의 유기농 스토어가 있었던 곳이다. 택시에서 내려 여기까지 걸어오면서 그 스토어가 마구로집으로 바뀌어버린 것을 확인하고는 좀 당황했다. 정말 없는가? 그사이 없어졌는가? 하다가 그런데 대체 마구로란 일본어는 뭐길래 저렇게 현수막에 대문짝만하게 적혀 있는가 하는 알 수 없는 적의 속에 빠졌다가 어쩐지 시무룩해지고 말았다.

　오늘 내가 서귀포를 벗어나지 못한 건 가파도로 들어가는 배가 결항되었기 때문이다. 레지던스에 가면 구워 먹을 계획으로 염장조기까지 두 마리 샀는데 그건 지금 내 캐리어 속에 있고 그러니까 오늘은 온통 예상할 수 없는 것들의 결과가 되었다. 어쩌면 오늘 하루만이 아니라 내일도 모레도 그럴 수 있는데 그래도 분명한 건 그렇게 해서 지나온 날들에 대해서는 어쨌건 알게 된다는 것이다.

　나는 소설의 매기라는 여자와 재훈이라는 남자가, 한강을 향해 걷다가 걷다가 철새들이 겨울을 나는 너른 만이 있는 지방의 도시까지 갔다가 더는 어디도 갈 수 없을 것 같은 제주까지 와서야 함께 보낸 시절들을 제대로 '앓게 된다'는 얘기를 하고 싶었다. 그때는 서울과 제주까지 동선을 긋고 적당히, 아주 먼 거리라고 만족했는데 사실상 그곳이 끝이 아니었다는 것, 마라도도 있고 그곳보다 압도적으로 생활경제가 갖춰져 있는 가파도가 있어서 육지의 버젓한 남쪽 끝을 담당하고 있다는 것을 이 가을이 알려주었다. 만들어낸 이야기에서도 나는 완전히 예상하고 있지는 못한 셈이다.

때로 어떤 소설은 다른 것도 아닌 '무게'로 기억되기도 할 것이다. 반드시 지켜야 하는 마감을 해내기 위해, 소설로 쓸 만한 어떤 세계, 어떤 인물, 공간과 대화, 그리고 당연히 감정, 슬픔과 환희, 환멸과 모욕과 수치 같은 것들을 그리기 위해 분투했던 시절의 무게. 다른 것들은 몰라도 그 분투의 무게만은 오로지 내 것이었고 작가의 말을 쓰는 지금 그것만이 가장 생생하다. 물론 그 역시 짐작도 못한 정도의 무거움이었다.

우리는 이렇게 아무것도 예상치 못한 채 살아가지만 그렇게 해서 조금씩 아는 사람이 되어간다고 믿는다. 나중에 백발 할머니가 되어서도 끊임없이 오늘의 당혹스러움을 내일로 미루는 이 습관을 버리지 못할지도 모르지만 어떤가. 그런데도 기꺼이 겪어내며 살겠다면, 지금의 무게에 대해 아직은 잘 모르지만 알 때까지 분투할 자세만은 취하고 있겠다면.

나쁘지도 이상하지도 않을 것이다. 당연히 그럴 것이다.

제주에서,

김금희

나의 사랑, 매기

지은이 김금희
펴낸이 김영정

초판 1쇄 펴낸날 2018년 11월 25일
초판 5쇄 펴낸날 2024년 8월 1일

펴낸곳 (주) **현대문학**
등록번호 제1-452호
주소 06532 서울시 서초구 신반포로 321(잠원동, 미래엔)
전화 02-2017-0280
팩스 02-516-5433
홈페이지 www.hdmh.co.kr

ISBN 978-89-7275-946-1 04810
         978-89-7275-889-1 (세트)

• 책값은 뒤표지에 있습니다.

현대문학 핀 시리즈 소설선